D. J. GALVÃO

O DIÁRIO DAS *fantásticas* VIAGENS DE GIOVANA

#NOPANTANAL

ILUSTRAÇÕES: BRUNA MENDES

RIO DE JANEIRO, 2020

Texto 2020 © D.J.Galvão
Ilustrações 2020 © Bruna Mendes
Edição 2020 © Editora Bambolê
Coordenação editorial: Ana Cristina Melo
Assistente editorial: Juliana Pellegrinetti
Projeto gráfico: Bruna Mendes
Revisão: Gerusa Bondan

1ª edição: dezembro 2020
1ª impressão: dezembro 2020

G182d

Galvão, D.J.
O diário das fantásticas viagens de Giovana: #NOPANTANAL / D.J. Galvão ; Ilustrações: Bruna Mendes. – Rio de Janeiro : Bambolê, 2020.
160 p. ; 23 cm.

Terceiro volume da coleção.
ISBN 978-65-86749-17-5

1. Literatura infantojuvenil. I. Mendes, Bruna, il. I. Título.

199-25-20 CDD : 028.5

Índices para catálogo sistemático:
1. Literatura infantil 028.5
1. Literatura juvenil 028.5

Dados Internacionais de Catalogação na Publicação (CIP) Bibliotecário Fabio Osmar – CRB7 6284

O texto deste livro contempla a grafia determinada pelo Acordo Ortográfico da Língua Portuguesa, vigente no Brasil desde 1º de janejro de 2009.

Impresso no Brasil.

comercial@editorabambole.com.br
www.editorabambole.com.br

Bambolê

Dedico esta obra a todos aqueles que lutam diariamente pela preservação do Pantanal.

índice

1

a busca recomeça

– Pai, você pode esperar um pouquinho? A gente está em um *call*, com o Leo.

– Quem é Leo?

– O índio Leo, tio – respondeu Manu. – Lá da Amazônia! Já esqueceu?

– Ah, sim, Manu. Lembro-me dele. – Olhando para mim com uma cara muito séria, meu pai declarou: – Filha, pede desculpas ao amigo e diz que "cola" ele mais tarde. Agora o *call* de vocês será com seus pais! Todos à mesa, em dois minutos, ok?

– Ok, tio! – respondeu meu risonho amigo Lipe. – Não tema, com a gente não há problema! Estaremos lá.

– Ele disse "cola ele mais tarde"? Que é isso, Gi? – cochichou Manu.

– Piadinha sem graça do papai. Ele queria dizer que é para a gente refazer o *call* com o Leo mais tarde. Hehehe.

Estávamos sentados no chão de meu quarto há quase duas horas. Conversávamos com o Leo, que está em uma faculdade de São Paulo. Falávamos sobre nossa última viagem a Foz do Iguaçu.

Desde que estivemos juntos na Amazônia, nós temos mantido contato. Isso graças aos celulares da Manu e do Lipe, porque... se dependesse do meu...

Meus pais prometeram que vão me dar um aparelho bem *simplesinho*, de presente de Natal. Mas eu preciso passar de ano sem ter que fazer recuperação! Confesso que estou apavorada, porque a professora de português é uma víbora! Ela está segurando as notas de redação e tem feito o maior terrorismo com a nossa turma. Preciso tirar 8 para passar, e ela já disse que 8 foi a maior nota, mas não quer contar de quem foi! Só vai dizer as notas com a entrega do boletim.

– Gi, acorda! Sua irmã também já chegou! Estão todos esperando pela gente.

– *Tá* bem, Manu. Vamos.

– Leo, desculpa a gente, mas vamos ter que desligar. Reunião de família, sabe?

– Claro, turma. Obrigado pela ligação e por me manterem informado sobre tudo. Digam a seus pais que mandei lembranças. Fiquem tranquilos, que manterei contato.

Saímos do quarto e atravessamos o longo corredor brincando de só pisar nas cerâmicas encostadas à parede. Lipe sugeriu imaginarmos que o centro do corredor estava tomado por lavas de vulcão, a 1.200 graus Celsius.

Manu entrou no clima e disse que seus óculos até embaçaram enquanto atravessava o corredor. Esta é a segunda semana que ela está usando óculos. Miopia. Ainda está se acostumando. Por isso quase bateu o rosto na porta que separa o corredor da sala.

– Pronto, mãe. Chegamos! – gritei, no meio da algazarra.

– E por que demoraram tanto? – perguntou minha mãe.

– Foi a lava de vulcão do corredor que nos atrasou. – Eles ouviram, mas, pelo jeito, não entenderam nada. – Oi, *imã*, tudo bem?

– Tudo, e com vocês? Papai me contou que vocês estavam conversando com o Leo. Como ele está?

– Feliz da vida. Está na faculdade. Começou um curso de História – disse Manu.

– Deve ser uma chatice – desdenhou Lipe. – Tem curso de futebol na faculdade, pai?

– Lipe, você não precisa de faculdade de futebol, você é uma enciclopédia do esporte.

– É mesmo, Paulo! Ele sabe mais que nós dois juntos... – começou meu pai, mas logo foi interrompido pela mamãe.

– Gente, nós estamos aqui hoje para tentar entender o que aconteceu com vocês em Foz, e como vamos agir diante de tudo isso daqui para frente.

O silêncio que se seguiu foi porque cada um, a seu modo, passou a lembrar do final da viagem em Foz do Iguaçu. O susto pelo qual todos passamos quando parte do grupo caiu da lancha. O tempo que ficamos presos naquela caverna fria e úmida. A forma fantástica com que saímos de lá.

Mais de uma vez o Viajante do Tempo me salvou. É como se ele estivesse me conduzindo nessa jornada. Está sempre um passo à minha frente, em todos os locais por onde devo passar. É como se ele já soubesse onde estão os cristais daquela misteriosa tribo da Amazônia. *Sinistro*!

Eu ainda guardo viva na memória a imagem dos índios que conheci em Foz: Naipi e Tarobá. A forma carinhosa com que se tratavam e a neném gracinha que tiveram. Por onde estará a pequena Potyra?

Pensava nisso quando percebi que o Lipe iria aprontar, de novo. Ele estava inquieto na cadeira, balançava as pernas sem parar. Depois, fez uma catapulta com a colher de sopa. Colocou um miolo de pão dentro e... *pimba*!

– *Manhê*! O Lipe jogou o miolo de pão no meu olho! – gritou Manu.

– Não joguei, não. Você está de óculos. Joguei nos óculos.

– Pare quieto, Lipe! Será possível?!? Vamos falar da viagem de Foz – bronqueou minha tia. – Paulo, você, que estava lá com as crianças, acredita mesmo nessa história das viagens de Giovana através do tempo?

– Não há como desacreditar! Eu confesso a vocês que não vi quando Giovana sumiu de dentro da caverna, mas eu a vi voltar. Depois, ela sabia exatamente qual era a passagem[1] que nos levaria para o lado de fora!

– E mais, tio. Lembra a pintura que estava na saída da caverna?

– Isso mesmo, Clarinha. Não dá para dizer que era apenas alguém muito parecido com ela. A pintura na gruta tinha uma menina que usava a mesma roupa da Gi! – concluiu meu tio.

Ninguém mais naquela sala tinha dúvidas da minha capacidade de viajar no tempo. Graças aos cristais que o Pajé me deu para guardar[2] . Clara também lembrou a todos de outra viagem minha ao passado, quando estive com ela ainda novinha no casamento da minha mãe.

---

[1] *Para saber mais sobre isso, você precisa ler "O diário das fantásticas viagens de Giovana #PartiuFoz". É uma aventura fantástica!*

[2] *Não acredito que você ainda não leu Giovana na Amazônia, o volume 1 da coleção! Então, não deixe de ler, pois foi lá que tudo começou. O Pajé da tribo misteriosa me deu alguns cristais místicos, que ele guardava havia muito tempo, e me passou a missão de encontrar cinco deles que desapareceram, junto com meus amigos e minha irmã. Esses cristais têm poderes, entre os quais o de me permitirem viajar através do tempo.*

Agora, as dúvidas eram outras: onde estão os cristais que faltam? Quem é o Viajante do Tempo que tem me ajudado? E que mistério envolve a tribo da Amazônia?

– Você não devia ter aceitado o presente de grego que o Pajé te deu, isso sim!

– Pai, fugir do problema não vai impedir que ele chegue até a Gi – disse Clara.

– Você não percebeu que ela continua sonhando com os cristais desaparecidos? – perguntou mamãe.

– Dá um copo de leite morno para ela beber, antes de dormir, que esses pesadelos acabam – sugeriu meu tio.

– Concordo com o Paulo! – falou meu pai. – Você precisa é dormir mais cedo, em vez de ficar direto assistindo a séries na TV.

– Gente, parem com isso! Vamos enfrentar a questão como adultos – cortou minha mãe. – Eu acredito na Giovana e nas crianças. E sugiro ajudarmos a descobrir onde estão os cristais que desapareceram daquela tribo na Amazônia!

– Será uma grande aventura, mãe. Tenho certeza disso!

Vencida a resistência inicial, depois dos *uhus* e vivas de alegria, passamos para a fase seguinte. Para onde iríamos em nossa próxima viagem?

2

um novo destino

Já estávamos juntos, em volta da mesa de jantar, havia mais de uma hora. Cada vez surgia uma ideia mais maluca. Até a Patagônia o Lipe já tinha sugerido como destino. Só porque ele queria ver pinguins!

A Manu e a Clara são mais objetivas. Sugeriram viajarmos para lugares próximos de onde já estivemos.

– Os cristais devem estar perto de onde eles já foram vistos ou encontrados – deduziu Clara.

– Talvez esteja no estado do Pará, por ser ao lado do Amazonas – disse Manu.

– Ou em São Paulo, que está logo acima do Paraná – sugeriu tio Paulo.

Eu não acho que seja nada disso. Meu sinal da pedra em cruz[3] sempre me alertou o caminho a seguir. Mas, até agora, eu não senti *nadica* de nada. Só fome...

---

[3] *Um sinal que carrego em meu corpo, desde que nasci, em forma de cruz das fadas, que é um cristal místico.*

– Gi, me faça um favor – pediu tio Paulo. – Pegue no seu quarto um atlas geográfico. Vamos abrir o mapa do Brasil aqui na mesa.

– Filha, fecha a porta quando passar para o corredor, se não o ar condicionado vai embora.

– Tá bem. Eu vou. Na volta, posso pegar uns biscoitos de chocolate na cozinha? Estou morrendo de fome!

– Pega dois pacotes, Gi. Aposto que o Lipe também vai querer.

Passei pela porta e a fechei atrás de mim. Segui para o quarto e peguei o atlas que estava na minha mochila, pronto para a aula do dia seguinte.

Quando retornei ao corredor para seguir até a cozinha, eu quase tive um treco! Encostado na porta da sala, o meu amigo VT, o Viajante do Tempo, estava parado, capuz jogado para trás, olhando para um enorme jacaré que, de boca aberta, parecia desafiá-lo.

Voltei para o quarto e fechei a porta. Fiquei escutando o meu coração bater mais alto que tiros de canhão. *Paniquei*!

Parada, de costas para minha mesa de estudos, sem saber o que fazer, eu olhava fixo para a porta do quarto, quando ela se abriu de repente! Foi como uma explosão, e eu cheguei a gritar. Só então pude perceber que era o Lipe que me perguntava:

– Cadê o biscoito, Gi?

Fiquei em choque por alguns segundos, tentando entender o que tinha sido aquela aparição do VT. Segui com o Lipe para a cozinha e saqueamos a despensa antes de voltar para a sala. Não perdi o meu amigo de vista e o tempo todo olhava para trás, para ver onde o jacaré havia se metido.

Mapa do Brasil aberto na mesa, meu tio tirou uma lapiseira do bolso e fez um X nas duas cidades que visitamos: Novo Airão, na

Amazônia, e Foz do Iguaçu, no Paraná. Usando uma faca como régua, ele ligou as duas cidades em uma reta. Não havia mais dúvidas.

– Mato Grosso ou Mato Grosso do Sul. Os cristais devem ter passado por aí!

– Paulo tem razão. Esse é o caminho mais curto entre os dois pontos. Os cristais saíram da Amazônia e chegaram a Foz passando por Mato Grosso. Pode até ter sido em *zigue-zague*, mas passaram por esse estado.

– Só que ele é enorme – disse Manu.

– Posso dar um palpite? – perguntou Clara. – Vamos seguir o caminho dos rios e lagoas. Os índios não tinham carros ou aviões. Para fazerem essas longas travessias, eles usavam canoas e viajavam pelos rios que cortam o Brasil.

– Gênia! – disse Lipe.

– Também acho que a Clara matou a charada – disse tio Paulo. – Visitamos o Rio Negro, na Amazônia, e acabamos de voltar das cataratas na foz do Rio Iguaçu, no Paraná. Os cristais seguiram por rios e lagoas entre esses dois estados.

– Sim, mas onde estarão os cristais desaparecidos? Precisamos partir de algum lugar.

Enquanto a turma discutia sobre as cidades que seriam legais de visitarmos nas férias de janeiro, eu peguei o atlas e comecei a folhear. Aí, quando eu abri o capítulo que dizia "Principais Biomas Brasileiros", as sensações em meu corpo começaram a se alterar.

– Pai, o que tem no Pantanal?

– Pântanos – apressou-se Lipe a responder –, o nome já diz!

– Aves. É um enorme viveiro de pássaros. Seu tio Paulo adoraria fotografar lá – respondeu meu pai.

– Jacarés. Os pântanos são repletos de jacarés. Deus me livre – disse minha mãe.

– Nem morta – falou minha tia.

– Mas é para lá que nós temos que ir! Estou certa disso.

Naipi já havia me falado sobre esta jornada. Por ali passou a tribo misteriosa da Amazônia. Foi isso que ela quis me dizer quando estivemos juntas naquela caverna em Foz do Iguaçu. Agora tudo começava a fazer sentido.

Nada é por acaso. O VT já me disse isso uma vez. Se ele apareceu no corredor, com aquele jacaré enorme, só podia estar querendo uma coisa: me mostrar o caminho a seguir.

Lipe se animou todo. Disse que iria surfar nas costas dos crocodilos. Manu queria saber se lá tem muito mosquito. Clara revelou que sempre quis conhecer o Pantanal e meu tio Paulo anunciou que iria comprar uma lente nova para a máquina de retratos dele. Queria poder acompanhar meu pai nas excursões fotográficas.

Todos estavam muito animados, menos minha mãe e minha tia.

– Olha, gente, eu sei que vocês estão com medo, mas tenho certeza de que não vai acontecer nada. Juro! – tentei acalmá-las.

– Você confia muito nesse Viajante do Tempo, não é, Gi?

– Confio sim, tia. Todas as vezes que eu estive em perigo o VT surgiu para me ajudar. Ele não vai me deixar na mão durante mais essa viagem.

– Pronto! Agora o encapuzado virou VT. É isso mesmo, Ricardo? – perguntou meu tio. Meu pai concordou com a cabeça.

– Só que eu preferia saber quem é ele, de onde ele vem e por que está te seguindo – disse minha mãe.

– Vou tentar descobrir isso da próxima vez que ele aparecer. Prometo.

– Tudo bem. Vamos começar a planejar a viagem, Gabriela. Quero ver se encontro um hotel bem longe dos crocodilos! – avisou tia Marcela.

A primeira batalha estava vencida. Agora, devo estar atenta aos sinais que meus ancestrais vão me passar.

3

Decolar!

– *"Apertem os cintos e boa viagem!"* Caramba! Não podia ser simples assim? Eu não sei por que isso nunca acontece com a gente. Nossas viagens sempre começam com algum atraso! Uma surpresa atrás da outra e a gente vive esperando por voos que depois são cancelados.

– Imprevistos acontecem – amenizou meu pai, para mudar o clima de irritação.

Estávamos prestes a embarcar no avião quando, por causa de um drone, todos os voos sofreram algum atraso. Aí, o Lipe resolveu contar para que ele queria um drone.

– Muitas utilidades, *oras*! Espionar os professores preparando as provas, o vestiário feminino e assistir aos jogos no Maracanã, sem precisar pagar entrada.

– Ou seja, só para coisas erradas, né, Lipe? Pois, por mim, eles deviam ser proibidos de serem produzidos – disse Manu.

– Mas, filha, existe um monte de formas de uso que são benéficas para a população.

– Isso eu duvido! Me diga pelo menos uma.

– Há drones em alguns hospitais que levam os primeiros socorros aos pacientes. Pelo ar eles podem chegar mais rápido do que por terra.

– Claro! Imagine só, enfrentar o trânsito do horário de saída da escola? Um drone poderia levar um aparelho de dar choque no coração[4], para alguém que se afogou na praia, sem ficar preso em um engarrafamento!

– Bom exemplo, Gigi!

– Também poderia ser usado para levar o soro de mordida de cobras, ou escorpiões, em locais afastados – disse Lipe.

– Tem razão – concordou Manu. – Como no interior de florestas e fazendas – concluiu.

Enquanto aguardávamos a normalização dos horários de partida, o Lipe e eu nos lembramos do que nos levou a escolher aquele destino para nossa viagem.

Mamãe e tia Marcela se esforçaram para ficar longe dos jacarés. Mas não deu.

A região do Pantanal é muito grande! Em sua maior parte, ela está localizada no Mato Grosso, mas também pega um pouco do Mato Grosso do Sul. Tio Paulo havia marcado no mapa uma linha imaginária por onde os índios poderiam ter passado carregando consigo os cristais da Amazônia[5].

Ao ligar as cidades de Manaus e Foz do Iguaçu, essa linha imaginária atravessou mais de doze cidades! Só que nós não teríamos tempo de passar por todas elas.

---

[4] *Aquele aparelho se chama desfibrilador. Ele serve para fazer o coração de alguém voltar a bater quando ele para de funcionar por alguma razão inesperada.*

[5] *Dá para ver essa linha no mapa que a gente colocou no Apêndice. É só dar um pulinho até lá.*

Como eu estou certa de que alguma coisa vai acontecer no Pantanal, mamãe e tia Marcela concordaram em escolher uma cidade com passeios ecológicos, em uma região cercada de pântanos e jacarés.

Assim, ficou definido o nosso destino destas férias. Primeiro seguiremos para o aeroporto de Cuiabá. De lá, uma van da pousada vai nos levar por uma estrada, parte asfaltada e parte de terra, em um trajeto que poderá levar até três horas. Só então chegaremos à cidade chamada Poconé.

Lembro que o Lipe ficou apreensivo quando fez a rima com o nome dessa cidade:

– Poconé? Com esse nome, boa coisa não é!

– Desesperador! – disse Manu.

– Eu enjoo fácil. Quero ir no meio, olhando para a frente – alertou Clara.

– Ainda bem que eu durmo direto! – falei.

– Mas eu não consigo dormir no carro – argumentou Lipe –, e não vou deixar ninguém dormir, hehehe.

– Já vi que essa parte da viagem vai ser difícil! – me lembro de ter dito.

Bem, acabaram de chamar os passageiros de nosso voo para o "embarque imediato, portão 2". Porém uma coisa está me intrigando nessa história toda. Meu amigo VT não apareceu mais desde que definimos que a viagem seria para Poconé. Nem mesmo em meus sonhos! Será que estamos no caminho certo?

No aeroporto pegamos a van que nos levaria até a pousada e não deu outra! O Lipe não deixou ninguém dormir.

A Clara já pediu para pararmos na beira da estrada por duas vezes, porque estava enjoada. Ainda bem que o ar condicionado da van era bom, se não, nem sei!

O motorista, que também será nosso guia durante os quatro dias em que estaremos no Pantanal, se chama Iorio. Achei que era nome de índio e perguntei isso a ele.

– Não que eu saiba, Giovana – foi sua resposta. – Minha mãe se chama Ivone, e meu pai, Osório. Então, resolveram juntar um pouquinho do nome de um com um pouquinho do outro e...

– Iorio. Caramba, ainda bem que meus pais não pensaram nisso! Meu nome poderia ser Ricaela, mistura de Ricardo com Gabriela.

– Nem quero pensar como ficaria o meu – disse Manu.

– Provavelmente, Paela, mistura de Paulo e Marcela, hehehe – disse Lipe.

– Iorio – interrompeu meu pai –, você é guia da pousada há muito tempo?

– Há 5 anos, desde que deixei os fuzileiros navais.

– Você era um *Seal*? – perguntou Lipe, interessado.

– Não, Lipe. *Seal* é uma tropa de soldados treinados que só tem nos Estados Unidos. Meu grupo era especializado em atividades na floresta. Sobrevivência, primeiros socorros e defesa das fronteiras. O conhecimento que adquiri no grupo de fuzileiros navais me ajudou a ganhar essa vaga de guia na Pousada.

– Como assim? – perguntou Clara.

– A concorrência é grande, acredite. Eu levei certa vantagem por causa do conhecimento que tenho sobre a fauna e os pássaros. Também tenho capacidade de reagir bastante bem diante de situações de risco nas incursões em florestas.

– Que situações? – perguntei, curiosa.

– Por exemplo, o surgimento de algum animal fora de seu estado natural, uma cobra ou um felino em busca de algo para comer.

– Cruzes, nem pensar! – disse minha tia, assustada. – Deus me livre achar um animal mal-humorado pelo caminho. Nos fale dos pássaros. Disso o Paulo vai gostar.

– Pássaros?

– Sim, Lipe. Muita gente vem aqui para fazer safáris fotográficos em busca de aves exóticas. Quantos pássaros vocês conhecem? Mais de dez?

– Claro! – disse Manu, e começou a contar. – Canário, periquito, rolinha, rouxinol...

Lipe, animado, continuou a ampliar a contagem:

– Urubu, águia, gavião, garça, morcego...

– *Peraí*, Lipe. Morcego não é ave!

– Eu sei, Gi, mas tem asas, vai! Eu só queria aumentar a nossa marca.

– Tá bom, Iorio – disse Manu –, vamos dizer que a gente conhece mais de vinte espécies de aves! Isso, sem contar as galinhas, os patos e as avestruzes.

– Muito bem, meninos! Pois aqui, no Pantanal, vocês vão encontrar mais de 600 espécies de pássaros, dentre as quais uma boa quantidade de aves raras.

– Duvido! – cochichou Lipe bem baixinho no meu ouvido.

4

estradinha xexelenta!

Conversávamos há mais de duas horas, chacoalhando em uma esburacada estrada de asfalto. A coisa piorou ainda mais, quando passamos a rodar em uma esburacada estrada de terra. Não sei onde eu estava com a cabeça quando imaginei que conseguiria dormir um pouco.

– Isso aqui sacode mais do que boi mecânico em parque de diversões! – falei.

Os bancos estavam cheios de polvilho, que pinicavam em nossas pernas. Comemos mais de quatro sacos de biscoito Globo durante a viagem. Salgado e doce. O saquinho de lixo que levamos já estava cheio com cascas de banana, sementes de maçã e embalagens diversas. A água do cantil já havia acabado.

Clara olhou para mim e franziu a testa. *Lá vem outra onda de enjoo* – pensei. Iorio quebrou a tensão ao avisar:

– Pessoal, essa aqui é a Transpantaneira[6]. Já estamos nos limites da cidade de Poconé.

– Até que enfim chegamos!

– Na verdade, ainda falta quase uma hora, Manu. A partir de agora será possível avistar uma série de animais às margens da estrada.

– Como assim? – perguntou Clara, assustada.

Iorio nos explicou que dezembro é o início do período de cheias no Pantanal.

– Em poucos meses isso aqui estará como um grande oceano – revelou ele. – As lagoas estão quase cheias, e alguns animais atravessam a Transpantaneira em busca de lugares mais secos. Outros preferem áreas encharcadas. Depende do animal.

– Tem chuva prevista para esta semana, Iorio? – perguntou meu tio.

– Talvez mais para o final da semana. Choveu muito na semana passada e vai permanecer assim, com alguma chuva, durante os próximos meses.

– E quando as águas começarão a subir de nível? – perguntou minha mãe.

– O Pantanal alterna períodos de alagamento com outros de seca. A estiagem costuma durar de maio até setembro. Estamos no meio do período de cheias. Grandes áreas que estavam secas já se encontram alagadas. O verde tomou conta de toda a região.

– Para tudo! – gritou Manu. – O que é aquilo atravessando a estrada?

E apontou para o que parecia ser um tronco de árvore caído próximo ao matagal. Só que não! Era um bicho. E o bicho se mexeu!

---

[6] *A rodovia Transpantaneira liga a cidade de Poconé até a localidade de Porto Jofre, na divisa dos estados do Mato Grosso e do Mato Grosso do Sul.*

– Um crocodilo! – gritou minha mãe.

– Ai, Jesus, eu sabia que não devia ter vindo! Iorio, cadê sua espingarda de matar crocodilo? – perguntou tia Marcela, parecendo querer subir no teto da van.

– Calma, pessoal, muita calma nessa hora!

Iorio então nos explicou que esse seria o primeiro de centenas de jacarés que iríamos encontrar dali para frente. Como ele tinha dito, o animal estava em busca de uma área mais alagada e não nos faria mal.

– Como é que você sabe? E se esse crocodilo estiver com fome?

– Pois eu vou explicar para vocês uma coisa e quero que acreditem no que digo – disse Iorio, olhando para nós três, que estávamos sentados no banco atrás dele. – Todo e qualquer animal está acostumado a viver em seu *habitat*, certo?

– Certo! – respondemos juntos.

– Os jacarés-do-pantanal, como o próprio nome diz, vivem nos pântanos e alagados. Quando esses animais estão em terra, ficam fora do seu ambiente natural e, assim, se tornam lentos e desajeitados.

– Igual às focas e ao leão marinho?

– Sim, Manu. No caso dos jacarés, é na água que sua força é testada. Ali, eles apresentam força e agilidade incríveis. Em terra, eles costumam fugir para a água ao se sentirem ameaçados.

– A mamãe chamou esse bicho de crocodilo e você de jacaré. Afinal, são jacarés ou crocodilos, Iorio? – perguntei.

– Boa pergunta, Giovana! Quem de vocês sabe me dizer qual é a diferença entre eles?

Lipe, que parecia desatento, apressou-se a responder:

– Essa é fácil! Os crocodilos são da Disney e os jacarés são do Sítio do Pica-Pau Amarelo!

Ouvindo isso, demos tanta risada que demorou até Iorio tornar a falar.

– Sim e não, Lipe. Havia um crocodilo que ficou famoso no filme do Peter Pan, porque cortou a mão do Capitão Gancho, lembra? E também teve um crocodilo muito gente boa que ajudou uma moça a se casar com um príncipe que tinha virado sapo. Quem sabe do que estou falando?

– Iorio, você sabe tudo de Disney!

– Hehehe, minhas sobrinhas adoram! O Lipe também acertou quando disse que a Cuca representa um jacaré em uma famosa história de Monteiro Lobato. Isso dá a vocês uma boa pista sobre estes répteis do Pantanal...

– São jacarés! – disse Manu.

– Isso mesmo, acertou!

– E qual a diferença entre eles? – perguntou Clara.

– Várias! Porém a que eu destaco como a principal é a formação do focinho e dos dentes. O jacaré tem o focinho largo e arredondado, enquanto o crocodilo tem o focinho bem achatado.

– E nos dentes, qual é a diferença? – perguntou Manu.

– Um deles tem mais dentes que o outro? – perguntei.

– Não só isso, Giovana. Nos crocodilos, os dentes de cima são alinhados com os de baixo. Por isso, quando estão de boca fechada, não sobram muitos dentes do lado de fora.

– E por acaso os jacarés vivem de boca aberta?

– Nem sempre. Mas eles ficam com vários dentes para fora da boca, mesmo quando ela está fechada.

– Bem, espero nunca ter que ficar perto o suficiente para confirmar isso que você está nos dizendo, Iorio – disse tia Marcela.

– Acredito em você, Iorio, e digo mais. Gostei quando disse que eles não nos atacarão em terra – completou minha mãe.

– Então, sugiro descermos para tirarmos umas fotos – disse Iorio, puxando o freio de mão e abrindo a porta da van.

– Nããão! Isso não! – gritaram nossas mães.

Mas não adiantou. Descemos todos e posamos para as fotos, com o bichão ao fundo, bem atrás da gente. A todo o momento alguém virava a cabeça para ver se ele não ia dar uma corrida para cima de nós. Mas o bichão ficou paradinho e até parecia gostar.

O medo foi passando, e depois de algum tempo já fazíamos montagens em que o jacaré parecia pousar na palma da mão do Lipe ou entre os meus dedos, que se fechavam até achatar o animal.

Poucos minutos mais tarde chegamos à porteira de entrada da pousada. Iorio parou a van, esperou a poeira da estrada baixar e desligou o motor. Pediu que fizéssemos um pouco de silêncio e, em seguida, abriu os vidros.

O que será que vai acontecer agora? – pensei, sentindo um tantinho de medo.

5

um gavião à espreita

– Vai demorar muito?

Lipe não se aguentava de tão inquieto. Estávamos parados dentro da van havia pouco mais de dois minutos, quando o Iorio deu um leve toque na buzina.

Em seguida, a gente ouviu como se fosse um assovio, alto e estridente. Um pássaro meio cinza, meio preto e com um penacho pendurado na testa saiu do meio do mato. O bicho deu um voo curto e pousou no galho de uma árvore, pouco atrás de onde ele estava escondido.

Iorio, que observava tudo calado, parecia ter certeza de que aquilo iria acontecer. Acho que ele tinha preparado alguma surpresa para a gente...

– Essa ave é conhecida como a sentinela do Pantanal. O seu grito estridente alerta as demais aves e animais do entorno de que há algo estranho na região – explicou ele, indicando aspas com os dedos, ao falar a palavra “estranho”.

– Qual o nome desse bicho, Iorio? – perguntei.

– Deve ser o *avecórnio*, por causa daquele chifre torto saindo da testa dele! – arriscou Manu.

– Você quase acertou! Alguns se referem a ele como unicórnio, por causa do penacho que você bem observou, Manu. Mas o nome verdadeiro é inhuma.

– Iorio, me desculpe a franqueza, mas esse passarinho de um chifre só, perdido no meio desse mato, não alertou ninguém. Gritou foi de susto, só isso – disse Lipe.

O guia, então, ligou o carro e meteu a mão na buzina.

A inhuma não estava sozinha, coisa nenhuma! O que nós assistimos, em seguida, foi à maior revoada de pássaros que eu já tinha visto na minha vida!

Brancos, pretos, de todas as cores. Com bicos longos e compridos ou curtos e coloridos. Grandes, pequenos, de pernas longas ou curtas, não importa. Voavam enlouquecidos e gritavam mais que torcida em jogo de futebol na hora do gol!

– Nossa mãe! Achei que a gente estava sozinho! – disse minha amiga.

– Que ave grande e estranha era aquela ali, Iorio? – perguntei.

– Você está de brincadeira, né?

– Por que, Lipe?

– Porque tinha mais de cem espécies voando no meio dessa bagunça. De qual delas você quer saber? – perguntou Clara.

– Aquele grande, de cabeça preta e colar vermelho – e apontei para o bicho.

Iorio, que assistia a tudo com um sorriso de vitória – já que tinha conseguido chamar nossa atenção –, adorou poder responder às perguntas.

– Este é o pássaro símbolo do Pantanal – falou ele, com ar de professor. – Chama-se tuiuiú[7]. A cabeça, o pescoço e as pernas não têm cobertura, nenhuma plumagem.

– Aquilo preto, no pescoço e na cabeça, é a própria pele dele?

– Sim, Giovana. E o colar vermelho também.

– Flamenguista, eu já sabia! – sentenciou Lipe. – Um verdadeiro símbolo, também aqui, no Pantanal. Em mim, o vermelho e o preto são minha segunda pele. Nele é a primeira.

Só meu tio riu da brincadeirinha sem graça.

– Pode até ser, Lipe – disse Iorio, continuando a explicação –, pois assim como o urubu, que é o símbolo do seu time carioca, ele se alimenta de carniça. Os tuiuiús se alimentam de peixes mortos.

– Ai, que nojo! – falamos juntas Manu e eu.

– Pode parecer nojento à primeira vista, meninas – defendeu Iorio, tentando botar panos quentes na discussão. – Mas essa é uma função ecológica das mais importantes.

Iorio nos explicou que essa atividade dos tuiuiús ajuda a manter o Pantanal mais limpinho. Aqui não tem coleta de lixo para as carcaças dos bichos mortos.

– E tem outra curiosidade, Lipe. Os tuiuiús também podem nascer com a cabeça toda vermelha. Não se espante se encontrarmos um desses por aí.

– Colorado. Torcedor do Inter – sentenciou Lipe.

---

[7] *Sabia que os tuiuiús chegam a medir até 1,60 m de altura quando estão no chão? São bem mais altos do que eu! Mas só pesam oito quilos. Bem levinhos, não é? Quando abrem suas asas chegam a ter até 3,0 m de uma ponta a outra. Praticamente um avião de bico fino. Voam com o pescoço e pernas esticados, ao contrário das garças, que voam com seu trem de pouso recolhido, como os aviões.*

– Para de pensar em futebol! Que coisa chata! – reclamou minha tia.

Na estradinha entre a porteira da pousada até a recepção, nós fomos acompanhados pelo voo de duas araras azuis. Pareciam aquelas moças nas olimpíadas fazendo um nado sincronizado. Só que, em vez de estarem na água, estavam no ar. Batiam suas asas, faziam as curvas, subiam ou desciam sempre juntas. Ao mesmo tempo!

Mais adiante, no lago que acompanhava a estradinha, papai e mamãe capivaras levavam seus três filhotinhos para beber água. A luz do sol refletia no lago e só conseguíamos ver a sombra deles. Uma escadinha, que seguia obediente os passos de seus pais. Muito fofo!

Quase chegando ao estacionamento, ainda distraída com tanta novidade, notei que Clarinha estava entretida com alguma coisa. Ao olhar na mesma direção que ela, vi que observava uma ave solitária. Ao perceber meu interesse, ela disse:

– Aquela ali acabou de pousar. – Fez uma pausa e continuou: – Enorme, né? Quando desceu do céu, parecia que estava em câmera lenta. Um voo suave e bonito.

Um pássaro grande havia pousado em cima de um tronco, que estava apoiado em uma outra árvore que parecia seca. Formava um triângulo perfeito, só que de cabeça para baixo. Ele observava todos os movimentos na superfície do lago.

– Iorio, me diga uma coisa: por acaso aquele ali é um gavião-belo? Eu li que são bastante comuns no Pantanal.

O guia não teve tempo de responder ao meu tio porque, naquele instante, o bicho levantou voo de um salto. Subiu um pouco, formou um círculo no ar e mergulhou veloz em direção à estrada. Em seguida, estendeu as garras numa espécie de bote e, com um só golpe, capturou um quatizinho que atravessava a pista. Depois voltou para a base de seu tronco. Levou preso aos seus pés o animalzinho, que já não tinha forças para lutar.

– Perdeu, bichinho! Ficou ruim para você – zombou Lipe, de boca aberta, espantado como todos nós.

Depois de pousar, sem perder de vista a sua refeição, o belo pássaro voltou a nos observar com interesse.

– Paulo, eu vou ficar te devendo o nome desse gavião. Mas sei que não é o gavião-belo, com certeza! Este aí é bem maior e suas cores são bem diferentes. Além disso, o belo iria preferir um peixe a um quati.

– *Sinistro*! – eu disse.

Seguimos para a recepção, onde nossos pais começaram a preencher os formulários com um monte de informações sobre nós. Uma chatice. Eu estava *superligada* no voo daquele gavião e na forma com que ele olhava para a gente.

Clara me disse que ele estava parado ali quando nossa van estacionou. Era como se aguardasse a nossa chegada. *Sinistro*!

Ganhamos um suco enquanto nossos pais acabavam de preencher as fichas. Não identifiquei de que era o suco que bebi, mas estava bem gostoso! Parecia de goiaba.

Atrás do balcão tinha uma TV plana presa na parede, onde passava um filminho com paisagens da região que íamos visitar. Aquelas imagens chamaram minha atenção. Era um filme feito pela Prefeitura da cidade para ser mostrado aos turistas em visita ao Pantanal.

O filme mostrava grandes áreas alagadas e cheias de jacarés, que mais pareciam tocos de árvores boiando no meio dos lagos. Corrida de diferentes grupos de antas e veadinhos, no meio do descampado. Revoada de pássaros, maiores que todos os que já tínhamos visto em nossas viagens. Cavalgadas por entre lagos, com a água na altura das canelas dos seus cavaleiros. Cenas lindas de pôr do sol e de noites superestreladas! Algo naquele filme me atraía bastante, mas eu não sabia dizer o quê.

Estávamos tão entretidos, cada um com uma coisa diferente, que nem notamos a ausência do Lipe. Só percebemos que ele tinha saído da recepção quando ouvimos um grito de fazer arrepiar, e que veio do lado de fora:

JACARÉS!

6

suspense nas alturas

Tomei um susto enorme com o salto que o tio Paulo deu em direção à porta e saiu da recepção! Manu engasgou com o suco e Clara correu para ajudá-la. Enquanto minha irmã batia nas costas de Manu, a tia Marcela saiu correndo atrás do tio.

Com a pressa, ela não conseguia calçar o chinelo de forma alguma! A presilha insistia em não se encaixar entre os dedos de seu pé. Acabou seguindo com um pé calçado e o outro não. Caos total!

Sabíamos que Lipe era o dono daquela voz. Ele gritou "jacarés!" e se calou em seguida. Será que era tarde demais? Meu amigo teria virado refeição de algum réptil rastejante? Com os olhos cheios d'água e um enorme sentimento de culpa, eu cheguei por último onde todos já se encontravam.

Nem precisei perguntar o que tinha acontecido. A cena dizia tudo. Atrás de uma cerca baixinha de tela de galinheiro, a menos de três passos de distância, havia um montão de jacarés que, parados à beira do lago, tomavam banho de sol.

Cena mais bizarra! Jacaré de boca aberta, jacaré de boca fechada, jacaré que dava carona para tartaruga, passarinho ciscando as costas de jacaré, que nem galinha! Que coisa mais doida!

– Poxa, Lipe, achei que você tinha virado comida de jacaré!

– De jeito nenhum, Gi. Acho que esses bichos são empalhados. Estou aqui há dez minutos e nenhum deles sequer piscou.

– *Sinistro*!

– Olha ali! – disse Manu, enquanto apontava para um passarinho que ciscava entre os dentes de um daqueles bichões horrorosos.

– Eu vi, eu vi! Ele comeu restos na boca do jacaré. Que nojo! – disse Clara.

– Pessoal, vamos ver um monte de jacarés durante a nossa estadia. Cenas como essa irão se repetir em locais sem cercas para separar os animais dos seres humanos.

– Jura!?! – Tia Marcela arregalou os olhos.

– Como vocês podem ver – disse Iorio, apontando para os bichos –, em terra eles ficam mais lentos ou imóveis. Mas isso não quer dizer que estejam mortos. Saibam que estão bem vivos e que merecem ter o seu espaço respeitado.

– A liberdade de um acaba onde se inicia a liberdade do outro.

– Isso mesmo, Ricardo. Não cheguem muito perto dos jacarés, não brinquem nem joguem objetos neles e eles irão respeitar vocês da mesma forma, combinado?

Claro que concordamos. O que menos queríamos naquele momento era estreitar nossa amizade com aqueles bichos enormes e cheios de dentes.

Ficamos algum tempo ali, apreciando o entardecer que se despedia. À nossa frente, raios de sol refletiam no lago e desenhavam a silhueta de uma linda árvore, com parte do tronco submerso. A brisa fresca que soprava do lago trazia um cheiro gostoso de mato molhado e, assim, todos foram se acalmando.

Foi então que aquele gavião enorme que acompanhou nossa chegada saiu de onde estava pousado. Voou como em câmera lenta em nossa direção e veio pousar à sombra da árvore, em cima de um galho que se sobressaía do fundo do lago.

Deu para ver a ondulação que o movimento de suas asas causou na água, no momento em que ele pousou. Ele ficou ali por uns segundos, com as asas ainda abertas, e eu achei que ele olhava para mim. Depois as fechou e esperou.

Parecia um rei, com coroa e manto. Me fez lembrar o VT, quando surgiu em Foz e mostrou aos Piratas a direção que deviam tomar[8].

– Vamos embora, pessoal, se não perderemos o primeiro passeio da viagem – avisou Iorio, me retirando daquele transe hipnótico.

Nossos quartos já estavam liberados. Largamos as mochilas e malas, trocamos de roupa, passamos repelente, peguei meus cristais mágicos e coloquei em minha mochila. Coloquei, ainda, uma lanterna, um estilingue, *walkie talkies*, repelente e boné.

Clarinha me ajudou a fazer um rabo de cavalo e a passar o meu cabelo pelo vão do boné. Saímos do quarto e poucos minutos depois estávamos juntos na mesa do lanche.

Meu pai e meu tio, máquinas fotográficas em punho, não perdiam um *click*. Para onde quer que olhassem tinha uma novidade.

---

[8] *Essa parte da nossa história em Foz do Iguaçu foi sinistra, você lembra?*

Um par de araras azuis em voo sincronizado. Um casal de antas entrando no lago. Um jacaré de boca aberta, que parecia mostrar os seus dentões para o dentista fazer um clareamento. *Sinistro*!

Estava meio quente, mas as copas das árvores proporcionavam sombras frescas e perfumadas. Diferentes cheiros de flores e frutas que ainda não conhecíamos. Mas meu principal interesse estava no lanchinho. Provava um e guardava dois na mochila. De qualquer coisa! Salgado, doce, bolo ou torta.

Mochilas abastecidas, nós estávamos prontos para seguir a trilha até o observatório "Gavião-Belo". Iorio tinha dito que o passeio até o local levaria menos de meia hora. Ficaríamos pouco mais de quinze minutos, tempo suficiente para ver o restante do pôr do sol, e então retornaríamos para o banho e o jantar.

– Mas cadê o Iorio? – perguntou minha mãe.

– Ali – respondeu Lipe, apontando para o guia, que estava um pouco... diferente.

– É um pássaro? É um avião? Não! É o SuperIorio!

– Lipe, fala baixo – disse Manu.

– Deixa de ser debochado. Ele vai acabar te escutando e isso é muita falta de educação – advertiu tia Marcela.

É que ele tinha trocado aquela roupa toda arrumadinha, que usou para nos pegar no aeroporto, e agora vestia um uniforme do exército, tipo camuflado, para floresta. Porém também trazia um acessório muito estranho. Parecia um colete, bege e cheio de pequenos compartimentos.

– Oi, Iorio, tudo bem? Como você está diferente! – comentou Clarinha, disfarçando.

– Agora estou pronto para o passeio – disse ele.

– E o que você leva nesse colete? – perguntei, curiosa.

– Alguns remédios, facas, lanterna e outras coisinhas mais, que eu espero não precisar usar, mas que sempre é bom levar, por precaução.

– Nem o Batman tem um cinto com tantas utilidades – cochichei.

– *Shhh*, assim não dá! – brigou minha mãe.

Seguimos pela trilha e não vimos o tempo passar. Logo estávamos diante de uma escadaria que parecia infinita. Essa deve terminar na casa do gigante da fábula do "João e o pé de feijão".

Toda em madeira, a torre do observatório "Gavião-Belo" era a mais baixa que iríamos ver nesta viagem. Apenas quinze metros. O equivalente a um prédio de cinco andares, segundo o meu pai. *Sinistro*!

– Clara, olhe bem onde você põe a mão, pois o corrimão dessa escada tem alguns dejetos de macaco – alertou Iorio.

– *Argh*! Então foi isso que eu acabei de arrancar? Um cocô de macaco? – perguntou Lipe.

– Parece que sim – confirmou Iorio. – Desculpe não ter avisado antes. Tome, lave com esse álcool gel que eu trouxe – e estendeu um tubinho que sacou de seu colete.

– Viu, Lipe, ficou zoando o cinto do Batman. Agora pede desculpas – disse Manu.

– Obrigado, Iorio. Valeu mesmo!

Pouco depois, assistimos ao pôr do sol por cima da copa das árvores. Uma linha separava no horizonte o verde da mata do azul do céu no lindo Pantanal. O sol descia pouco a pouco e as nuvens rosadas transformaram o momento em um show de luzes, com várias cores e efeitos especiais.

Os raios do sol refletiram nas nuvens e o céu foi mudando de tom. Do laranja ao vermelho, passando depois pelo roxo e o lilás.

Incrível e muito bonito! De repente, deixamos de ouvir o som de alguns bichos e percebemos que a noite chegava lentamente.

A lua apareceu, no lado oposto de onde o sol foi se esconder. Isso nos fez lembrar de que era hora de voltar. Não queríamos chegar na pousada apenas com a luz das lanternas.

Descemos as escadas correndo e tomamos a trilha de volta. Apesar da pouca luz, a gente conseguia ver o caminho à nossa frente. Andávamos em fila indiana o tempo todo. Parte do caminho era feito por tábuas estreitas sobre áreas alagadas do pântano.

Certamente estavam cheias de jacarés!

De repente o Iorio parou e a gente quase bateu um no outro, igual engavetamento de carros em estrada.

– Que foi, Iorio, por que parou? – perguntou meu tio.

– Pensei ter ouvido alguma coisa, desculpem.

– Bem, o que não falta aqui é barulho de bicho. Tem de tudo um pouco.

– E eu achei que conhecia todos. Por isso o meu espanto, Ricardo. Acho que foi só uma sensação.

Ele não quis dizer o que era. Todo misterioso, nos pediu para apressarmos o passo e que meu pai ficasse atento no final da fila. “Me avise se ouvir algo estranho”, disse Iorio para o meu pai.

– O que ele chama de “algo estranho”? – perguntou Manu.

Para nós, tudo ali era estranho e perigoso. Mas eu sentia a presença do VT. Ele estava conosco. Será que foi isso que o Iorio também percebeu?

7

passeio até o curral

Chegamos aos nossos quartos uns vinte minutos depois. Clara abriu a porta daquele onde ficaríamos juntas pelos próximos oito dias. Joguei minha mochila na cama e tirei da mala uma roupa limpa, shampoo, desodorante e a escova de cabelo.

Estava *morta* de cansada!

Manu e Lipe seguiram para o quarto deles, que era colado no nosso. Combinamos de nos encontrar na recepção para seguirmos juntos para o jantar. Só que não rolou.

Eu me lembro até a parte em que saí do banheiro, prontinha, e deitei na minha cama, só um pouquinho, para esperar a Clara tomar banho. Aí...

– Gi... Gi... Acorda, *imã*. Já está todo mundo na mesa do café. Gabriela me pediu para te chamar.

– Como assim, café? E o jantar?

– Perdeu. Você desmaiou em um sono profundo.

Quer me dizer que aquele meu cochilo durou a noite toda? – pensei.

– *Caraca*! Não acredito nisso! – Levantei de um salto.

– Você estava muito cansada – disse Clarinha. – Ontem à noite eu tentei te acordar, mas você não tinha a menor reação, aí... só me restou tirar os seus sapatos e te cobrir.

Isso, perdi o jantar. Estava *muiiito* brava! Mas não dava para eu mudar o passado. O que está feito, está feito. Melhor era eu me preocupar com o presente. Por isso eu resolvi me apressar para também não perder o café!

Só me lembrava de ter sonhado a noite inteira com aquele lugar lindo e misterioso, que eu vi de relance quando estava no fundo do lago, lá em Foz, na *Garganta do Diabo*. Pouco depois da cachoeira nos jogar para fora do barco.

Eu precisava contar tudo para os guardiães!

Quando cheguei com a Clara ao local onde serviam o café, já estavam todos quase acabando. Havia duas grandes mesas de madeira dispostas em frente à piscina, ao ar livre, sob uma enorme cobertura forrada com piaçava. Eu sabia que era piaçava, pois era o mesmo material que cobria as ocas dos índios que visitamos na Amazônia.

Os bancos de madeira não tinham encostos e cabiam mais de quinze pessoas de cada lado. Nosso grupo sozinho ocupou a metade de uma daquelas mesas. Era, com certeza, o grupo mais animado e falante!

Lipe se divertia colocando migalhas de pão sobre a mesa. Dois passarinhos vinham pegar e saíam assustados. Um branco e cinza com a cabeça vermelha e o outro, todo azulzinho. Muito fofos!

– Que lindos, Lipe! Que passarinhos são esses, Iorio?

O guia estava sentado à mesa e também tomava o seu café da manhã conosco. Foi ele que ensinou o Lipe a atrair aqueles passarinhos. Antes de me responder, ele tirou os óculos escuros, modelo Tom Cruise em *Missão Impossível*, mas, quando ia abrir a boca, foi interrompido pelo metido do meu amigo.

– Zico é o de cabeça vermelha. O azulzinho é o Maradona.

– Hehehe... Eu entendi sua pergunta, Giovana – respondeu Iorio, gentil. – O de cabeça vermelha é um cardeal.

– Nome bastante apropriado – disse meu pai –, pois se parece com um.

– E o azulzinho é um sanhaço.

Enquanto o Iorio olhava para mim e falava o nome dos dois bichinhos, eu reparei que ele tinha um olho verde e outro castanho. Eu só tinha visto isso em filmes de suspense e, geralmente, quem tinha os olhos de duas cores nunca era o mocinho...

– Agora vamos, pessoal. Guardem um lanchinho, encham os cantis e passem repelente. Precisamos sair logo daqui, antes de o sol ficar muito quente – orientou Iorio.

Ele não precisou falar duas vezes. Mochilas cheias, partiu passeio zero dois. Zero um foi a visita à torre de observação "Gavião-Belo". Anotei no meu diário.

Quando entramos na trilha, as inhumas ficaram enlouquecidas e gritavam estridentes, para alertar a galerinha da mata que a gente estava na área.

– Quanta lama!

– É normal, Manu. Mais adiante teremos que seguir por passarelas de madeira, sobre pequenos lagos que nascem ao lado dos rios.

Iorio nos explicou que o Pantanal é uma grande planície alagada, com alguns poucos morros e depressões.

– Toda essa imensa planície é recortada por grandes e pequenos rios.

– Saquei por que fica tudo alagado, Iorio. As chuvas fazem os rios transbordarem.

– Isso mesmo, Manu! – eu disse – E como é tudo plano e cercado por um muro de pedras, toda essa área fica encharcada, porque a água não tem para onde escoar.

– Isso mesmo! O muro de pedras, como você o chamou, é formado por chapadas e maciços. Eles funcionam como a borda de um prato de sopa.

– Como assim? – perguntou Lipe.

– O fundo é liso e, se ninguém parar de jogar sopa dentro, chega uma hora que ele transborda – disse Manu.

A gente já tinha passado pela parte fácil do trajeto. O manguezal[9] crescia alto sobre o pântano. De vez em quando dava para ver uma cabecinha de jacaré sair daquelas águas escuras, abrir os olhos frios e assustadores e afundar silencioso em seguida.

Depois de quase meia hora de ponte estreita e corrimão sujo de cocô dos macacos, quem resolveu aparecer? O próprio.

BABOU!

---

[9] *É um ecossistema que domina esta região. É muito úmido e está presente nas zonas tropicais. Tem papel fundamental na preservação de várias espécies vegetais e animais, além de conter a erosão das encostas.*

8

que macaco mais prego!

– Esperem um pouco. Parem todos e aguardem aqui – avisou Iorio.

Claro que obedecemos. Lipe pediu meu estilingue e uma bola de gude. Não sei qual era a ideia dele, mas dei o que ele pedia.

Ao dar alguns passos para frente na direção que deveríamos seguir, aconteceu o inesperado! O macaco se levantou e partiu para cima do Iorio em meio a gritos agudos e assustadores.

Quando ele avançou em direção do Iorio, com os braços erguidos, nós demos um passo atrás. Manu soltou um grito, tamanho foi o susto! O macaco parou, abaixou os braços e olhou fixo nos olhos do nosso guia.

– *Caraca*! O Iorio é mais doido do que eu pensei – disse Lipe.

Ao contrário do que imaginei, em vez de o Iorio se virar e voltar devagarzinho, ele levantou os braços, gritou ainda mais alto e partiu para cima do macaco!

– É mesmo! E ele nem precisou sacar um *spray antimacacos* daquele seu colete de 1001 utilidades – disse Manu.

O Iorio, então, nos explicou o que tinha acontecido ali.

– Ele queria marcar o seu território, Giovana.

– Mas parece ter se intimidado com alguém mais alto e que se impôs diante dele, não é mesmo? – deduziu minha irmã.

O macaco tinha o pelo marrom, bem clarinho. No alto da cabeça, o que devia ser o seu cabelo era um pouco mais escuro. Ele não era mais alto do que uma mesinha de cabeceira. Mas ao ficar de pé no guarda corpo da ponte, com os braços compridos levantados e mostrando os dedos das mãos também muito longos, aquele bicho ficou enorme!

– Que macaco é esse, Iorio?

– Era um prego, Lipe – ele respondeu.

– Sei que ele era um *prego*! Chato, *marrento* e desagradável. Queria atrapalhar nosso passeio. Mas deve ter uma raça qualquer, não é mesmo? – argumentou Lipe.

– Ele era um macaco-prego.

– Ah! Agora sim fez sentido! – sorriu Clara. – Aliás, o nome lhe caiu muito bem.

Atravessamos a trilha que estava bastante encharcada. Nossas botas já pesavam uns cem quilos cada, de tanta lama grudada nas solas. Apesar de vestirmos camisas de mangas compridas e de termos passado repelente no pescoço e mãos, a mosquitada encontrava formas variadas de nos picar.

– Mãe, eu já estou toda mordida! – reclamou Manu.

– Vamos passar um *refil* de repelente assim que chegarmos no curral – disse tia Marcela.

– Não adianta não, mãe. Repelente para mosquito pantaneiro é refresco de pitanga! – disse Lipe.

– Eles conseguem picar a gente até por cima do *jeans*! – disse meu pai.

Mas o antialérgico que o Iorio sacou de seu colete funcionou na hora e passamos a curtir o local.

O curral dos cavalos estava vazio. Um grupo grande, de mais de doze cavaleiros, havia saído em tropa para o passeio. Apenas um cavalo branquinho, de crinas longas e escovadas, com o rabo longo e limpinho, estava no pasto, ao lado do curral.

– Que cavalo bonito, Iorio! O que ele faz aqui sozinho? Por que não saiu com a tropa?

– Esse é o meu cavalo, Manu. Pedi que o deixassem descansar no dia de hoje, para poder sair com ele amanhã. Seu nome é Trovão.

Ao dizer isso o cavalo ergueu a cabeça, como que reconhecendo o seu nome. Iorio estendeu a mão, o belo animal veio ao seu encontro e ganhou um pedaço de maçã.

Adivinhem onde estava a maçã? No colete do Iorio, enrolado em um saquinho plástico com *zip-lock*. Nem vimos quando ele preparou esse mimo para o seu cavalinho.

– Se não há cavalos aqui, o que vamos fazer de bom?

Ouvindo isso, Iorio abriu a porta de um quartinho ao lado do compartimento das selas e nos mostrou um monte de equipamentos para pescaria. Varinhas, molinetes, redes, potinhos com anzóis e chumbadas de todos os tamanhos.

Era essa a surpresa da qual ele nos falou na pousada. Pescaria no Pantanal!

– Iorio, a gente vai pescar com o quê? – perguntei logo.

– Minhoca ou...

– Minhoca, não! *Tô* fora! – Todas as meninas estavam de acordo.

– Eu topo minhoca. Vamos pescar o quê, Iorio? – perguntou Lipe.

– Como eu ia dizendo, podemos usar diferentes tipos de isca, como insetos, milho, queijo e até macarrão! Vai do gosto do peixe.

– Deixa o macarrão com queijo e o milho para a gente comer mais tarde, ora essa!

– Concordo com você, Lipe – eu disse.

– Então, podemos usar minhocas, para pescar piaus e dourados, ou isso aqui para pescar piraputangas e pacus – e nos mostrou seis frutinhas cor de laranja, que tirou de outro saquinho com *zip-lock* de seu colete.

Ele nos contou que aquelas frutas laranjinhas são os coquinhos do Pantanal, muito apreciados por alguns peixes da região. Eu adorei a cor e o cheiro.

– Quero o coquinho! – gritei!

– Eu também – disse Manu.

– Ok. A gente vai pescar de minhoca, Lipe. Venha, vamos cavar aqui atrás, onde costumo encontrar o minhocuçu.

Lipe arregalou os olhos, mas seguiu com o Iorio para perto de umas árvores. Eles cavaram até chegar próximo à raiz. Não demoraram muito a voltar trazendo em suas mãos duas minhocas ENORMES, se contorcendo e se enroscando em seus punhos.

– Isso não é minhoca coisa nenhuma. É cobra! – gritou Manu.

– Essa é a maior minhoca da região – explicou Iorio. – É o minhocuçu. De tão grandes, os antigos criaram uma lenda sobre elas. Esta lenda dizia que uma serpente vivia nas águas do Pantanal, que virava as canoas no rio para comer os pescadores.

– *Caraca*! *Tô* fora! Afasta esse minhocuçu de mim. Vai que é um filhote da serpente da lenda? Solta ele, Lipe, solta!

– Não se preocupe com isso, Manu. Não passa de mais uma das lendas do Pantanal.

Iorio mudou o rumo da prosa e propôs um desafio para vermos quem seria o melhor pescador da manhã. Caso conseguíssemos algum sucesso, o peixe seria servido com coradas[10] no jantar daquela noite. *Quem será que vai ganhar?* – pensei.

[10] *Batatas coradas.*

9

um predador inesperado

– Giovana e Manu, prestem atenção. Quando vocês jogarem o coquinho na água, os peixes vão pensar que são frutas maduras que caíram da árvore – explicou o guia.

Iorio já tinha colocado as iscas para nós três.

– Isso irá atraí-los para as suas iscas – continuou ele a explicar. Deem um puxão bem forte quando sentir beliscarem os coquinhos.

– E eu?

– O mesmo serve para você, Lipe. Só que, como o minhocuçu é grande, se o peixe conseguir morder e arrancar pedaços de sua isca, o restante da minhoca vai escorregar pela haste do anzol. Ou seja, sua isca poderá ficar por mais tempo na água, sem precisar ser recomposta.

– Puxa, o cheiro é tão gostoso que eu até tinha pensado em comer uma.

– Eu não tenho esse problema com a minha isca, Gigi. Essa minhoca tem cheiro de terra e se mexe toda viscosa na minha mão. Não dá para pensar em comer...

Foi então que Clarinha reparou algo *sinistro*!

– Pessoal, olhem quem chegou para assistir à pescaria.

Aquele gavião da porteira tinha acabado de pousar, deslocando o ar por onde passou. Deu um rasante na lâmina d'água do rio, se elevou no ar batendo as asas feito louco e freou ao abri-las em pleno voo.

Cravou as duas garras enormes em um galho atrás de nós e olhou em nossa direção.

– Pessoal, quero lhes apresentar o gavião-rei – disse Iorio, apontando para o recém-chegado. – Trata-se de uma visita ilustre. Tem outro guia na pousada, especialista em pássaros, e ele disse que esse aí é o primeiro da sua espécie avistado por estas paragens em muitos anos.

– Espero que ele não queira disputar os peixes conosco – disse minha mãe.

– Não se preocupem. Peixes não fazem parte do cardápio preferido deles[11].

Ficamos maravilhados com aquela ave, grande e majestosa. Um verdadeiro rei de asas. Governante supremo nos céus do Pantanal.

– Vamos lá, pessoal! Quinze minutos para ver quem vai ganhar o título de melhor pescador do dia e levar o nosso jantar para o cozinheiro preparar – determinou Iorio.

Nem um minuto depois, Manu foi a primeira a gritar que tinha pegado um peixe. Iorio retirou um pequeno pacu do anzol dela e o

[11] *Os hábitos de alimentação do gavião-rei incluem macacos e pequenos répteis.*

devolveu ao rio. Disse que estava fora do peso e precisaria crescer bastante antes de poder ir para a panela.

Depois foi a vez de Lipe fisgar um. Deu para ver um peixe prateado, de rabo amarelo, se debatendo perto da margem.

– Piau, Lipe – intercedeu Iorio. – Esse aí é um grande e bonito piau.

O jantar estava garantido. *Cuidado para não engolir as orelhas* – pensei, ao ver Lipe com um largo sorriso de vencedor em seu rosto.

E na minha isca, nada!

– Puxe a linha, Gi. Me deixe ver como está o seu anzol – disse papai.

Minha isca tinha sumido. Nem sei quando isso aconteceu.

Ele recolocou a última isca que eu tinha no anzol. Sem querer, eu comi um dos coquinhos. Como nada acontecia com a minha linha, eu tinha feito um lanchinho.

– Um, dois, três e já!

Jogamos nossas linhas e eu fui a felizarda.

– Peguei, peguei um...

Era um peixe dourado, grande e bem pesado. Apesar da dificuldade, eu estava conseguindo puxar o bicho. Até que um puxão mais forte fez a minha varinha envergar que nem um arco de capela. Fiz muita força para não soltar e então ouvi a Manu gritar...

– É um jacaré!!!

A situação era a seguinte: eu tinha pescado um peixe grande e dourado, mas, quando ele estava se aproximando da margem, um jacarezinho, metido a esperto, quis pegar o meu peixe. Ah, não. Isso é que não.

– Solta a vara, Gi! – gritou o meu pai. – Deixe ele ir.

– Esse peixe é meu! Eu peguei primeiro, ele que vá pescar o dele em outro lugar.

Aí, o inesperado. O gavião-rei, que assistia a tudo, deu um salto e mergulhou em direção à água. Cravou as garras no jacarezinho e voou com ele dali.

Iorio já estava ao meu lado, com uma faca de caça nas mãos, pronto para cortar a minha linha. Mas isso não foi preciso. O gavião-rei resolveu a questão à moda do Pantanal... com muita garra!

– Iorio, só tenho uma coisa a dizer – bradou Lipe. – Eu ganhei a competição! Peguei um piau grande e inteiro. O peixe da Manu era pequeno, e a Gigi só pegou uma cabeça de peixe, hehehe!

– Acho que eu mereço o prêmio – gritou Manu –, pois fui eu a primeira a fisgar um peixe.

– Desculpe, Manu. Mas acho que fui eu quem venci – declarei –, pois pesquei um peixe e um jacaré, juntos!

Nós três ganhamos. Essa é que é a verdade. Que susto! E que aventura!

Estávamos voltando pela estrada, todos eufóricos, até que, um pouco adiante na trilha, percebemos uma gargalhada diferente das nossas. Quem estaria rindo da gente?

– *Shiiu*, silêncio! – pedi, e as gargalhadas cessaram. Menos uma.

– Que risada estranha. Quem é que ri assim? – perguntou tia Marcela.

– Ah! Esse é o canto da seriema. Outra ave típica da região. Ela é meio cinzenta, de bico vermelho, com uns "fiapinhos" saídos de cima do bico e abaixo dos olhos. Olhem ela ali. – explicou Iorio, apontando um lindo pássaro pousado entre os galhos à nossa frente.

– O canto dessa ave parece uma gargalhada bem comprida, que sobe de tom pouco antes de parar.

– Por falar nisso: PARA TUDO! Corredor polonês de jacarés à frente! – anunciou Lipe.

10

as índias gêmeas

Parou todo mundo ao mesmo tempo. Mais uma vez, causamos um pequeno engavetamento de seres humanos naquela trilha.

– Parou por quê? Por que parou? – gritou meu pai, *lááá* do final da fila.

– Corredor polonês de jacarés à frente.

Iorio explicou que eles só estavam ali, parados perto do rio, para tomar banho de sol. Eles poderiam ficar assim, como estátuas, por horas a fio. Sem incomodar ninguém.

– Mas também não querem ser incomodados. Por falar nisso, o que é que você está *futucando* com esse graveto, Lipe? – perguntou o guia.

– Achei uns ovinhos de algum pássaro, vem ver! Estavam escondidos embaixo de algumas folhas e gravetos perto dessa árvore.

Já íamos correr para ver os ovinhos quando o Iorio deu ordem para ninguém se mexer.

– Lipe, deixe os ovos como estão e volte lentamente para perto do grupo – ordenou ele. – Não mexa mais aí, podem ser ovos de jacaré.

– *Caraca*! Essa praga está por toda a parte?! – reclamou Lipe enquanto recuava lentamente para perto do grupo.

– Você é que não perde essa mania de *futucar* as coisas! Já esqueceu o que aconteceu no Amazonas[12]? – perguntou a irmã dele, preocupada.

– Não tema, com o Lipe não há problema!

– Até a hora que tiver. Veja se sossega um pouco, filho – disse meu tio.

– Como eu ia dizendo, as fêmeas dos jacarés colocam seus ninhos próximos aos rios e lagos e, para ficarem aquecidos, fazem xixi em cima.

– Ai, que nojo! – disse Manu, fazendo careta.

– Ainda bem que não botei minha mão no ovo – disse Lipe.

– Podemos passar pelos jacarés, que eles não nos farão mal. Estão pegando sol de barriga cheia.

Iorio nos contou que, apesar das aparências, o jacaré do Pantanal esteve perto de entrar na lista dos animais em extinção, lá pela década de 1980. Tudo por causa da caça indiscriminada do homem, que tirava o couro e deixava a carcaça para apodrecer no lago.

– Porém, atualmente, os órgãos de fiscalização estão atentos e a caça é legalizada quando for para o consumo da carne.

– Você já comeu? – perguntei.

– Claro que sim. É muito saborosa. Está previsto um almoço com carne de jacarés na pousada, antes de vocês voltarem das férias. Vão adorar.

---

[12] *E você, querido leitor, lembra-se do que aconteceu quando Lipe introduziu um galho em um buraco que encontrou na trilha que percorriam?*

Deu para ver tia Marcela torcer o nariz, mas eu e Lipe estávamos empolgadíssimos! Já pensou, voltar para casa e contar na escola que comemos carne de jacaré?

– Iorio – perguntou Clara –, algum bicho consegue caçar e comer o jacaré?

– Além do gavião-rei, você quer dizer – lembrou minha mãe.

– Sim, Clara, o maior animal carnívoro do Brasil. Este animal a que me refiro come antas, capivaras e até jacarés! Sabem de quem eu estou falando?

Não demorou muito e estávamos todos dando nossos palpites: leão, leopardo, onça!

– Isso! Manu acertou. A onça-pintada é uma exímia caçadora. Também é capaz de nadar e pescar.

– Como assim? Sempre ouvi dizer que gato tem medo de água! – disse Manu.

– Mas, pelo visto, não esse gato de Itu! – disse Lipe, arrancando boas gargalhadas do grupo.

– E quem come a onça? – perguntei. – Porque se ninguém comer a onça isso aqui ia ser mais cheio de onças que de jacarés.

– Vai ver comem os ovos dela também!

– Lipe, onças não põem ovos. Elas têm filhotes, assim como os gatos – explicou tia Marcela.

– O predador da onça, que para mim é quem está no topo da cadeia alimentar, é um velho conhecido de vocês. Quero ver quem acerta...

Choveu palpite: leão, jacaré, urso, tigre e até a sucuri. Mas o Iorio surpreendeu a gente com a resposta.

– Aqui no Pantanal, o predador da onça-pintada é o bicho homem, que a caça por diversas razões.

Ele então nos explicou que, por causa do desmatamento das florestas, a onça fica sem ter o que comer, porque os bichos que fazem parte de seus hábitos alimentares desaparecem.

Os homens derrubam grandes áreas para plantar capim e alimentar o gado, que vai para nossas mesas em forma de bifes, churrascos e hambúrgueres. A onça, para não morrer de fome, ataca o gado, e o homem, para não perder o gado, caça e mata a onça.

Muito triste! Por isso elas estão na lista de animais em extinção.

Depois dessa aulinha sobre cadeia alimentar, seguimos para o almoço. Quando acabamos de comer, fomos ver os bichos na beira do lago.

Estávamos jogando pedra no lago para ver quantas vezes elas quicavam quando minha marca de nascença começou a esquentar em minhas costas. Me virei e vi o meu amigo VT. Ele estava perto da piscina e, ao me ver, virou-se e caminhou na direção da recepção.

Lipe e Manu não notaram a minha ausência, entretidos que estavam com as pedras. Segui o VT, mas não consegui alcançá-lo. Ele tinha acabado de entrar na recepção.

Quando cheguei, ele estava parado, olhando para a TV que passava aquele filminho sobre as maravilhas do Pantanal. Lagos encharcados, revoada de pássaros, tuiuiús e garças brancas pescando, famílias de capivaras e cervos correndo pelos alagados e uma visão aérea do local.

Ele olhou para mim, olhou para a tela, e **PUF**! Sumiu.

Foi *sinistro*!

O corpo evaporou. Sua capa e capuz caíram ao chão, devagar como em câmera lenta. O tecido se desfez em fumaça branca que se espalhou pelo ambiente, deixando um cheiro de incenso no ar.

Por alguma razão ele queria que eu visse aquele filminho, e foi o que eu fiz.

A sede da pousada aparecia vista do alto e ia se movendo em direção oposta ao da Transpantaneira. Passou por uma pista para pouso de aviões, de terra batida, com um avião parado.

Depois, a imagem foi virando em direção ao sul – tinha uma bússola no canto direito da tela –, e se afastou um pouco mais, até chegar a uma região enorme coberta com pasto verde, mas sem bois.

Quando o filme mostrou o que parecia ser um sinal de igualdade – "=" –, visto lá de cima, a imagem congelou!

Pronto, quebrou a TV. Será que era isso que ele queria me mostrar? O que serão essas duas linhas? – pensei.

Aí uma voz atrás de mim falou ao meu ouvido e quase morri de susto!

– Essas são "As Índias Gêmeas do Pantanal", Giovana – disse a voz, vinda não sei de onde.

11

a lenda do véio do rio

– *Caraca*, Iorio! Você quer me matar do coração?

– Calma, Giovana. Eu te vi entrar na recepção, atrás daquele hóspede que eu ainda não conhecia, e quis saber quem ele era. Onde ele está?

Tentei disfarçar, apesar de achar aquilo tudo muito estranho. Parecia que o Iorio, assim como eu, também tinha visto o meu amigo VT.

– Não vi ninguém entrar aqui – disfarcei. – Eu vim sozinha porque queria ver esse filme de novo, mas a fita emperrou.

– Então você não viu aquele cara vestindo capa de capuz bege, calçando uma espécie de botas de mocassim? Ele entrou aqui na recepção antes de você. E que cheiro de incenso é esse?

– Como assim, botas de mocassim? – perguntou Clara, que tinha entrado logo atrás do Iorio e ficado em silêncio até aquele momento.

– Isso mesmo, Clara. Parecia coisa de índio.

Iorio descreveu com detalhes a bota do meu amigo VT. Disse que da canela para baixo tinha umas costuras de linha grossa na cor cinza claro e estampas geométricas, tipo losangos, coloridos de azul e vermelho com um quadradinho amarelo no centro.

Acima da canela era bege com vários fiapos pendurados, que caíam na parte de trás da bota. Não tinha salto. O couro arrastava direto no chão.

– Ah, Iorio, acho que você viu o "Velho do Rio" – disse Clarinha.

– Essa é boa... Ele não existe, Clara, e você sabe disso – respondeu Iorio.

– Quem é esse cara? – perguntei.

Clara, então, explicou se tratar de um personagem de uma antiga novela de TV, que ajudava pessoas perdidas no Pantanal e curava aqueles que fossem mordidos por cobras. Ele desapareceu no Pantanal, supostamente levado por uma sucuri, mas reaparecia quando alguém precisava de ajuda.

– Essa lenda foi criada pela mídia. O mais parecido com o "véio do rio" que nós tivemos por estas paragens foi um turista carioca, assim como vocês. O nome verdadeiro dele era bem difícil de pronunciar. Acho que Délio ou Célio, não lembro bem.

– E...

– Depois de dois dias na pousada a turma começou a chamá-lo de Déio do Rio, o que acabou se transformando, para muitos, no "véio do rio". Mas o que eu vi não tinha nada a ver com ele.

Iorio, desculpe a minha franqueza, mas não tinha mesmo! Nem eu notei tantos detalhes na bota do meu amigo VT quanto os que você viu! Coisa de estilista de moda – pensei.

– Esquece isso, Iorio, e me diz o que é essa imagem congelada na tela – pedi.

Eu estava certa de que esse era o lugar que o VT queria me indicar. O local onde possivelmente eu encontraria um ou mais cristais místicos desaparecidos.

– Isso mesmo, Iorio. Por acaso, eu ouvi você dizer que eram "As Índias Gêmeas do Pantanal"? – perguntei, curiosa.

– Sim, mas essa história eu conto para vocês durante o nosso próximo passeio. Estamos atrasados.

Não!!! Que cara sem noção. Isso é mais importante do que o passeio! – pensei, mas não falei. Eu não quero que mais ninguém saiba dos poderes dos cristais místicos. Por causa disso, os Piratas quiseram nos roubar em Foz e isso nos causou um monte de problemas[13].

– Para onde vamos agora? – perguntei, aflita.

– Faremos um passeio de observação de animais às margens da Transpantaneira. Vamos, peguem suas coisas e me esperem no caminhão Safári.

Pouco tempo depois estávamos de novo na estrada de terra. Por onde o caminhão passava, deixava um rastro de poeira vermelha suspensa no ar.

Na cabine seguiam o motorista e Iorio, que, por uma pequena janela no vidro traseiro, conversava conosco e nos explicava o que víamos pelo caminho.

Ele carregou consigo um potente binóculo verde, com camuflagem, para ser usado em florestas. Esse acessório não coube no *supercolete*. Estava pendurado ao pescoço. Porém, durante o passeio, ele sacou do colete o seu celular e utilizou um *software* para imitar o som de alguns pássaros. Colocou para tocar alguns cantos iguais aos deles e...

– Puxa, Iorio! Genial isso de atrair os pássaros imitando os sons que eles produzem. Sempre funciona? – perguntou minha mãe.

---

[13] *Não acredito que você ainda não leu o Diário de Viagem da Giovana a Foz! Pois não sabe o que está perdendo! Corre! :)*

– Nem sempre, Gabriela. Já vi cantos que tiveram efeito contrário, e até espantaram as aves. Devo ter colocado o chiado de uma ave predadora em vez do canto amigo de um seu semelhante, hehehe.

– Ou então era a esposa dele dizendo "traz pão!" – disse Lipe. Isso arrancou boas gargalhadas, até mesmo do motorista, que não tirava os olhos da estrada e os ouvidos de nossa conversa.

O passeio foi maravilhoso. Vimos três cervos que correram para se esconder na mata, fugindo do barulho do motor, e um tamanduá-bandeira que fuçava um enorme formigueiro. Mais adiante, vimos tucanos, alguns tatus e um quati solitário.

– Cuidado com o gavião-rei – gritou Lipe, lembrando do fim trágico que teve o último quati que avistamos no Pantanal.

Passando por outro lago, à beira da estrada, assistimos a uma nova revoada e o tio Paulo conseguiu clicar um gavião-belo.

O motorista parou o caminhão e vimos que aquele gavião esperava por uma chance de pegar um peixe para o almoço, mas tinha um biguá intrometido que estragava a sua pescaria. Toda vez que o gavião ameaçava decolar, o biguá mergulhava antes e fazia os peixes fugirem.

– Esse gavião vai acabar comendo o biguá, quer ver só? – disse Clara.

Que animais fantásticos!

Pouco adiante, paramos em frente a uma árvore enorme, com muitos galhos grossos e cheia de folhas verdes. Um cheiro gostoso de frutas maduras vinha daquela árvore.

Foi ali que encontramos a principal razão para aquele passeio. Estávamos diante do maior macaco da América do Sul: o macaco Bugio. Ele estava acompanhado de sua família, composta por mais de doze macacos. Um grupo grande e barulhento.

– Os bugios de pelo avermelhado são as fêmeas do bando e os de pelo mais escuro são os machos – explicou Iorio. – Um macho lidera o bando. Ele cuida da proteção dos mais fracos e determina as atividades do grupo, como está acontecendo agora.

Percebendo que um bicho mexia no pelo do outro, perguntamos ao Iorio do que se tratava. A resposta foi:

– Hora de catar piolhos e fazer "um lanchinho"... – ele fez aspas com os dedos e olhou para mim –, como diz a Giovana, hehehe.

Confesso que comer piolhos não é o que considero um lanchinho gostoso, mas parecia que o bando de bugios estava gostando daquela refeição.

Recebemos uma aula sobre a vida e costumes dos macacos bugios e depois tomamos o caminho de volta para a pousada. Esperei uma oportunidade para voltar ao assunto que estava me *agulhando* e perguntei:

– Então, Iorio, será que agora você pode nos contar sobre a lenda das Índias Gêmeas do Pantanal?

– Do que vocês estão falando? – perguntou meu pai.

– Estamos falando de um trecho daquele filminho da recepção, que mostra algumas paisagens do Pantanal. – explicou Clara que passou a complementar o que eu dizia, como se tivéssemos ensaiado aquele discurso.

– Em uma das cenas que vimos na TV, atrás do balcão...– eu disse.

– Filmadas com o auxílio de uma câmera acoplada a um drone... – disse a *imã.*

– A gente viu um sinal, no meio de um grande descampado, bem verdinho – falei.

Dava para ver a empolgação tomar conta dos guardiães ao perceber que eu havia descoberto uma pista que poderia nos levar aos cristais místicos da Amazônia.

– Parecia o sinal de igualdade, sabe, pai? Duas linhas retas, pretas e paralelas.

Clara adora Matemática. Ela falou como se estivesse em uma aula da escola.

– Perguntamos ao Iorio o que era aquilo – falei.

– E ele nos disse que é a vista do topo das Pedras das Índias Gêmeas...

Deu para ver a cara de "hein?" que o Lipe e a Manu fizeram.

– Eu sei que é para lá que devemos ir, pai. Podemos ir durante a cavalgada de amanhã, não é? – perguntei, olhando nos olhos do Iorio.

Depois de tudo o que eu e minha irmã contamos, o guia nos encarou e cortou a nossa empolgação.

– É muito longe, meninas, lamento. Não dá para fazer esse passeio a cavalo.

COMO ASSIM?

12

a lenda das pedras gêmeas

Não acreditei que não conseguimos convencer o Iorio a nos levar às Pedras Gêmeas. Além do mais, depois de tudo o que ele nos contou! Estava claro como água de beber que eu tinha que ir até lá, mas como?

– Clara, o que é que a gente faz? Já sei! Vamos fugir durante o passeio e correr com os cavalos em direção às Pedras Gêmeas, o que acha?

– Me desculpa, *imã*, mas não é uma boa ideia. Não sabemos que direção tomar, e o Iorio certamente nos alcançaria com aquele *cavalão* dele.

A gente estava sentada em nossas camas no quarto. Havíamos acabado de chegar do safári em que vimos o macaco bugio. Nos lembrávamos do que o Iorio tinha acabado de contar, na boleia do caminhão.

Ele disse que a lenda das Pedras Gêmeas, ou das Índias Gêmeas, como alguns gostam de chamar, pode ser outra invenção. Como a do "déio do Rio". Mas disse que esta história vem sendo contada de geração para geração.

Segundo ele nos contou:

Reza a lenda que há muitos e muitos anos um grupo de índios chegou por aquelas paragens, vindo da região norte, em busca de um lugar para estabelecer sua tribo.

No Pantanal não são poucas as referências a tribos indígenas[14]*. Mas esta tribo, em especial, era formada por um grupo desconhecido. Veio de um lugar muito distante, segundo contaram, e tinha uma característica que os diferenciava das demais.*

Essa tribo era liderada por duas mulheres. Duas irmãs, gêmeas. Que se completavam entre si. Força e coragem de uma com a ternura e sabedoria da outra. E foi assim que ficaram conhecidas: irmã coragem e irmã ternura.

Duas lindas irmãs que, assim como toda a tribo, eram diferentes dos outros índios da região. Olhos grandes, cabelos lisos e castanhos e um físico avantajado. Eram mais altas, fortes e bonitas.

Claro que quando ele contou isso eu me lembrei, imediatamente, de Naopi e Nahara. Só podia estar falando de duas de suas ancestrais, que vieram da tribo misteriosa da Amazônia. E o Iorio contou mais:

As Gêmeas do Pantanal conduziram sua pequena tribo até aqui e se estabeleceram em uma planície próxima do Rio Claro. Às margens do rio, elas prosperaram durante muitos anos. A tribo cresceu e os poucos que chegaram se tornaram muitos.

---

[14] *Embora em menor número, o Pantanal ainda é lar de algumas etnias nos dias atuais, como a dos Kadiwéus, Guaranis, Kaiowá e Ñandeva, Bororo Orientais, Guapós e Terenas. Algumas lendas, que remontam ano de 1864, falam sobre os "cavaleiros índios" que habitaram esta região. Ficou curioso? Então, dê um pulinho no apêndice e conheça um pouco mais sobre esta e outras curiosidades que cercam as tribos do Pantanal.*

Na tribo das Índias Gêmeas do Pantanal não havia aquela tradicional separação de tarefas entre os homens e as mulheres, que é comum encontrar em outras tribos indígenas: os homens saem para caçar e pescar, enquanto as mulheres ficam dentro de grandes casas de palha cuidando de suas crianças[15].

Naquela tribo misteriosa, as mulheres eram fortes e valentes. Dividiam as tarefas com os homens, quase de igual para igual. Quando era preciso defendiam a aldeia como ferozes guerreiras.

Na tribo delas, não havia homem que superasse a irmã Piatã[16] *na prática do arco e flecha. E a sua irmã, Ternura, por sua capacidade de se comunicar com os espíritos da natureza, tornou-se uma poderosa xamã*[17].

Depois de décadas de prosperidade, a tribo decidiu que era hora de preparar um lugar especial onde pudessem comemorar a vida e a harmonia da tribo. Nesse local, passariam a realizar suas festas, tocariam suas músicas e ensaiariam suas danças.

Mobilizaram esforços e, durante um ano inteiro, se revezaram no preparo das duas pedras gêmeas. A rocha foi cortada e dela extraíram duas grandes pedras, que foram lapidadas, transportadas e instaladas no platô das Índias Gêmeas.

Este platô, onde elas estão cravadas até hoje, foi palco de diferentes reuniões nas quais comemoraram as mudanças da estação, a chegada de seus filhos e filhas à idade adulta, e agradeciam aos espíritos a proteção de seus rios e florestas.

Depois de algum tempo refletindo sobre o que ele havia nos contado, eu falei para a Clarinha:

– Aquela tribo maneira das Índias Gêmeas podia estar aqui até hoje, *imã*.

---

[15] *O livro que Giovana leu em sua escola conta muito bem como eram diferentes as coisas na tribo Enauenê-Nauê, que fica no noroeste de Mato Grosso. Uma leitura fascinante.*

[16] *Que quer dizer coragem, na língua Tupi-Guarani*

[17] *Que é uma espécie de curandeira daquela tribo.*

– Se não fossem os caçadores de jacarés e o desmatamento para criação de bois[18]. Mas tem uma coisa que não podemos esquecer, Gi.

– O que é, *imã*, pode falar? O que você está pensando?

– É que ele também disse que isso pode ser mais uma lenda sem fundamento algum. Pode até ser que essas pedras tenham sido colocadas ali por extraterrestres. Eles podem ter cravado aquelas rochas no solo para servirem de orientação para suas naves espaciais.

– Duvido! Isso já é muita "piração". Sua e do Iorio! Não é isso que eu estou sentindo. Para mim, essa tribo de mulheres guerreiras é a mesma que saiu do Amazonas. Trouxeram com elas os cristais místicos e seguiram em direção ao sul até chegar a Foz do Iguaçu.

– Calma, Gi! Não estou duvidando disso. Mas vamos dar tempo ao tempo. Como alguém já nos disse um dia, *nada é por acaso*. Se é para você ser levada até a pedra, é isso que vai acontecer, mais cedo ou mais tarde. Agora, vamos. Troque de roupa porque depois do jantar tem caminhada noturna.

Clarinha tinha razão. Melhor dar um tempo. Eu estava no caminho certo, ou, pelo menos, queria muito acreditar nisso.

Fomos para o jantar e comemos um excelente piau assado, com coradas e arroz de pequi[19].

Já havíamos sido alertados por nossos pais, Iorio e o próprio cozinheiro, quando colocou as bandejas na sala, de que não se pode mastigar o pequi. A superfície desse fruto tem espinhos e a semente não se parte.

Após ser cozido, o fruto passa o seu sabor e sua cor laranja para o arroz. Pode-se apenas raspar a superfície com os talheres ou com os próprios dentes, na boca, mas depois disso se deve colocar a semente no prato.

---

[18] Guatós formaram a última tribo indígena a ser expulsa das terras do Pantanal. Os primeiros registros de sua presença no Pantanal foram feitos por Álvar Cabeça de Vaca, em 1543. Aquele mesmo da aventura de Giovana em Foz, lembram?

[19] Pequi é um fruto típico do cerrado, cuja nomenclatura tem origem na língua Tupi e significa "espinhenta". E você sabe por que ela tem esse nome?

Lipe era o homenageado da noite. Afinal, havia pescado o jantar. Estava uma delícia e ele não cabia em si. Só que, após colocar na boca uma garfada enorme de arroz com uma semente inteira de pequi, aquela calmaria acabou.

Meu amigo levou as duas mãos à garganta, arregalou os olhos assustados e de boca cheia começou a grunhir e sacudir a cabeça, para frente e para trás, como se estivesse desesperado, sem ar e com muita dor.

– Lipe! O que foi?! – gritou Manu, a primeira a notar a dificuldade do irmão.

– Cospe! – gritei em seguida. – Cospe logo isso!

E nada, ele só se sacudia. Clara se levantou e correu em sua direção. Foi só então que ele parou de brincar.

– Surpresa! Enganei todo mundo... hahahahaha!

Peste de garoto! Não achamos graça alguma. Da próxima vez que ele se entalar, mesmo se for de verdade, ninguém vai ajudar. Ele vai ver só!

De sobremesa, sorvetes de bocaiuva – uma fruta típica da região de Poconé –, pequi e furrundum. Afinal, não dá para viajar sem conhecer os sabores da culinária da região que se está visitando.

Pouco mais tarde, vestidos com camisas de mangas compridas e besuntados de repelente nas partes descobertas, tomamos a direção da Transpantaneira. A pé e guiados pelo Iorio, com uma potente lanterna em mãos e seu colete de mil e uma utilidades.

Única diferença em seu uniforme: ele estava carregando, pendurado em seu ombro direito, uma ESPINGARDA.

13

tem gatuno na área!

No caminho para a porteira avistamos o gavião-rei. Ele estava empoleirado no mesmo tronco no qual o vimos pousado no dia de nossa chegada.

O céu estava com algumas nuvens cinzentas, que se movimentavam devagar, de um lado para o outro. A lua estava mais fina que uma banana e parecia fazer parte de um quadro, sem moldura, naquele céu estrelado. O cheiro gostoso de mato molhado soprava em nossos rostos, queimados pelo sol da manhã.

Olhando de um certo ângulo durante o passeio, o gavião parecia estar pousado em uma das pontas da lua branca. Sua silhueta mais escura se destacava no cinza da paisagem.

– Olha lá, mãe, o gavião-rei pousou na pontinha da lua! – disse Manu.

Era o guardião do lago, o guardião da pousada e o meu guardião – pensei.

Ao trocar a espingarda de um ombro para o outro, Iorio voltou a explicar:

– A arma é apenas para nossa segurança – disse ele. Fez uma pausa e continuou: – Confesso a vocês que ela nunca foi usada até hoje. Mas são as regras da pousada. Os guias têm de carregá-las nos passeios noturnos.

– Ok! Então, vamos nessa – disse meu pai.

Ao passarmos pela porteira e tomarmos a estrada avistei uma placa que já estava ali quando chegamos, mas eu ainda não tinha visto sobre o que era. Pedi ao Iorio para iluminar a placa, onde se podia ver o desenho e ler um alerta: "Cuidado! Posso Atravessar". Abaixo do desenho estava escrito "Educação Ambiental".

– Olha, Manu, que fofo! – eu disse, apontando para o desenho.

– É uma família de capivaras. A mãe na frente e os dois filhinhos atrás – deduziu Manu.

– Isso é para alertar aos motoristas que por vezes passam "voando baixo" nessa estrada – explicou Iorio.

– Temos que cuidar de nossa fauna – acrescentou meu pai.

– Vamos fazer uma foto? Clara, abaixa aí na frente e finge que é a mãe. Eu e Manu ficaremos atrás de você.

– Não creio que vou fazer isso, Gi – Clara disse em meio a um sorriso nervoso. – Tudo bem, mas não vai postar essa foto nas redes sociais, ok?

– Claro, claro. Eu nem tenho celular... – respondi, e pensei: *mas a Manu tem*. Já imaginava minha irmã brava com a gente ao ver aquela foto no Instagram da Manu, na manhã do dia seguinte.

Seguimos margeando a estrada, observando os bichos, que o Iorio mal conseguia iluminar de tão distantes. Quando ele focava no bicho, este levantava a cabeça e olhava para o foco da luz. Os olhos ficavam vermelhos, ele se virava e corria para se esconder.

– Que bicho era esse, Iorio? – perguntávamos em seguida.

Em resposta, ele dizia o nome e contava um pouco sobre os hábitos daquele animal. Claro que a grande maioria era de animais com hábitos noturnos.

Até aquele momento, já havíamos visto duas antas, uma paca, dois ouriços e um bichinho que o guia achou que fosse um lobo-guará. Ele tinha o pelo meio laranja, pernas finas e compridas e estava andando sozinho.

– Ele é perigoso, Iorio?

– Para nós? Nem um pouco. Só come frutas e bichos menores.

Ele tinha acabado de falar isso e levou o dedo indicador à boca em sinal de silêncio. Em seguida escutamos alguma coisa fazendo "UHU, UHU, UHU".

Iorio procurou ao redor com o facho de luz de sua lanterna, que nós acompanhávamos com olhos de lince. Por falar nisso, nem sei se os linces enxergam bem. Enfim...

– Olhem lá aquela coruja! – disse o guia, apontando para uma ave enorme, pousada em um galho não muito distante de nós.

– É um corujão!

– De fato, Manu. Esta é a maior coruja do Brasil. O jacurutu[20].

– Olhem como ela vira a cabeça! 180 graus. Parece que estava de costas e agora está de frente! Olhos vermelhos olhando para a gente. O pescoço não quebra? – perguntei ao Iorio.

– Deve ser aparafusado – disse Lipe.

– Não, Giovana. Os pescoços das corujas não se quebram. – Olhando para o Lipe, complementou: – Mas não são aparafusados. Esse movimento é característico nas corujas.

---

[20] *O jacurutu, ou coruja orelhuda, como ela é conhecida por causa de suas orelhas enormes, chega a medir até 60 cm. É uma predadora do topo da cadeia. Tem olhos grandes e ouvidos muito sensíveis, o que as transforma em ótimas caçadoras.*

– Ela está de costas para nós? – perguntei.

– Sim, Giovana. Provavelmente espera avistar alguma caça. Uma pena, pois se estivesse de frente daria para ver que ela tem umas penas claras no peito. Muito bonita.

– Poxa, podemos esperar mais um pouco? Queria ver algum bicho caçando outro – lamentou Clara.

– Nem pensar! Que prazer é esse, Clarinha? – perguntou minha tia.

– Vida selvagem! – respondeu minha irmã.

Ficamos ainda algum tempo ali, porém o corujão não se animou a levantar voo. Entretanto, observei que Iorio se abaixou e iluminou o chão da estrada, perto do mato, várias vezes. Depois, caminhou atento por alguns metros até voltar e chamar a gente.

– Meninos, venham ver essas pegadas – disse, iluminando algumas marcas no chão. – São de um felino.

– *Sinistro*! São de onça-pintada? – perguntei.

– Não dá para saber. Pode ser uma suçuarana ou um gato-mourisco[21], mas vejam que interessante. Aqui está a pegada de uma das patas dele. Tem cinco dedos. Porém esta outra – disse, ao iluminar outra pegada –, tem apenas quatro. O que isso quer dizer?

– Já sei! – disse Lipe, afobado. – Comeram um dedo da onça. É uma onça *dedeta*.

Eu não sei de onde ele tira essas ideias malucas – pensei.

– E o que é uma onça *dedeta*, Lipe? – perguntou minha mãe.

– Ora, tia. Sem mão é maneta e sem dedo é...

– Não – disse Iorio –, a onça não é *dedeta*.

– São duas onças, a mãe tem cinco dedos e no filhote ainda falta nascer um. O dedo mindinho – arrisquei um palpite.

– Nada disso, gente. Eu vou explicar: as onças, geralmente, têm cinco dedos nas patas dianteiras e apenas quatro nas patas traseiras.

---

[21] *Suçuarana, também conhecida como onça-parda; o gato-mourisco é também chamado puma. Este último tem pelos mais escuros.*

Iorio nos contou que o esqueleto desses felinos tem uma constituição própria, que dá a eles a capacidade de dar grandes saltos. Por isso são rápidos e ótimos caçadores.

– Além disso, enxergam muito bem e podem caçar à noite – explicou o guia.

– Então, temos um gatuno caçando na área? – perguntou tio Paulo, preocupado.

– Pela posição dos dedos de suas patas, ele foi naquela direção – confirmou Iorio.

– Então vamos para o outro lado! – disse tipo Paulo, para tristeza da Clara, que queria ver "um bicho comendo outro". Não bastou a experiência do gavião com o jacarezinho na pescaria. E eu me perguntava: "será que ela vai conseguir?".

14

rumo à cavalgada nos alagados

Voltamos pelo mesmo caminho que fizemos na ida, agora para chegar à pousada. Era mais seguro.

Ao chegarmos eu estava exausta. Só queria saber de dormir, e foi o que fiz.

Pouco depois de me deitar, em um piscar de olhos, a noite fugiu de mim e eu estava mais uma vez sendo acordada pela minha mãe.

– De pé, Giovana, que hoje é o dia da cavalgada!

Ao notar que eu não me mexia, minha mãe engrenou uma segunda marcha e acelerou nas reclamações.

– Giovana, eu não sei como você consegue ser tão bagunceira! Mala aberta, roupas jogadas pelo chão... quero só ver se um bicho entrar no meio delas! Você já pensou nisso?

Quando achei que ela ia baixar o ritmo, ela pisou ainda mais fundo no acelerador.

– Agora, Gi, olhe para o lado da sua irmã. Tudo dobrado e guardado. Saquinho para as roupas sujas preso atrás da porta, *necessaire* com os produtos de higiene pessoal no banheiro, e os sapatos arrumadinhos embaixo da cama.

É, mãe, a Clara é muito melhor do que eu. A certinha do papai. Me poupe! – pensei em responder assim, mas achei melhor só dizer:

– Tá bem, mãe. Vou arrumar tudo e depois me encontro com vocês no café.

– Quer ajuda, Gi? – perguntou Clara.

De você, não quero nada! Perfeitinha do papai – pensei, mas, em vez disso, eu falei:

– Não, obrigada. Essa bagunça é minha. *E é assim que eu sou e pronto!* – pensei mais uma vez, mas não disse uma palavra sequer. Minha mãe tinha acabado de estragar o meu dia. Dali para frente foi só mau humor.

Passei por Lipe e Manu no corredor, e quando eles me deram bom dia eu respondi:

– Só se for para vocês!

– Que houve, Gi? – perguntou Manu.

– Dormiu em cima do braço? – perguntou Lipe.

– Não enche, Lipe. E vê se não vai aprontar na cavalgada, tá bem?

No café, todos, muito animados, esperavam por mim. Eu cheguei, me sentei e comecei a comer sem falar nada com ninguém. Na maior "tromba"!

– Você sabe que passarinho eu fotografei hoje, Giovana? – perguntou meu pai, que de alguma forma tentava me animar. – Tirei a foto do udu. Sabia que tem um passarinho com esse nome? Olha só!

E me mostrou na tela de sua máquina um passarinho lindo, de peito amarelo, asas azuis e uma penugem azul mais escura na cabeça, que parecia uma coroa.

– Aham – respondi, fingindo desinteresse.

– Sabe o que o seu tio Paulo está fotografando ali do lado?

– Não faço a menor ideia.

– Outro gavião, diferente dos que já vimos até agora – e me mostrou um pássaro grande, andando no chão, igual a um soldadinho: peito para fora, barriga para dentro e cabeça voltada para o alto.

– Uhum – falei, fingindo fazer pouco caso. Na verdade, eu achei o bicho lindo, de colar bege em volta do pescoço, máscara vermelha nos olhos e um penacho preto na cabeça, que parecia um boné virado para trás.

– Acho que você não gostou muito, não é mesmo? – disse meu pai. – Deixa para lá. Termine o seu café com calma.

Eu tinha deixado o papai bem desanimado. Assim como eu. Triste, mas o que eu vou fazer? *Tô chata, hoje* – pensei.

Precisava arrumar alguma forma de convencer o Iorio a nos levar até as pedras gêmeas, mas como?

Enquanto comia um delicioso bolo de queijo, eu ouvi a Manu dizer que naquela noite eles demoraram muito para dormir. Tiveram que esperar o moço da pousada tirar uma cobra, que estava andando no madeiramento do telhado. Bem em frente à varanda do quarto deles. Era fina e toda verdinha.

– O Lipe queria ir pedir o estilingue da Giovana emprestado, mas mamãe não deixou – contou Manu para o moço que trazia um bolo de bocaiuva[22], quentinho e cheiroso, que tinha acabado de sair do forno.

Sinistro, eu pensei. Perdi essa aventura.

---

[22] *Fruta típica da região do pantanal mato-grossense, de sabor adocicado e bastante comum nos doces da culinária local.*

Antes de sair da mesa, ainda passei para ver a teia de aranha que o Lipe estava prestes a destruir atrás de mim. Tinha milhares de *aranhazinhas* recém-nascidas.

Virei de costas para não assistir àquela maldade. Felizmente, ele não teve tempo de arrasar com a teia, pois o meu tio gritou com ele para que não fizesse aquilo. Que deixasse a natureza seguir seu curso.

– Pronto, pessoal! – Iorio tinha acabado de chegar e se juntar ao grupo. Trouxe com ele o poderoso colete que parecia mais pesado do que nunca. Binóculos pendurados ao pescoço, uma faca e o *walkie talkie* presos nas laterais do cinto.

– Onde você estava? Por que não tomou café conosco? – perguntou minha mãe.

– Estava na recepção. Convenci o gerente a nos deixar fazer o passeio até as Pedras Gêmeas.

– Como assim!?!? – perguntei, superanimada.

– Disse a eles que era um pedido do grupo e lembrei que nosso lema na pousada sempre foi: "o cliente em primeiro lugar" – virou-se a para mim e deu uma piscadinha.

– Que bom, Iorio! – falei, sorrindo.

– Vai ficar feliz agora, Giovana? – perguntou Lipe, que queria me provocar.

Não respondi, baixei a cabeça e saí bufando para pegar minha mochila, que estava no banco da mesa. Juntei umas bananas e enrolei alguns pedaços de bolo de queijo no guardanapo. Enchi meu cantil com água fresca e me sentei para esperar o grupo.

– O pessoal da administração pediu-me que, antes de partirmos, eu os alertasse quanto à distância: serão três horas de cavalgada.

Além disso, boa parte do caminho pode estar alagada. – Ele fez uma pausa e quis saber: – Apesar disso, vocês ainda querem ir até lá?

– Claro que sim! – gritamos a uma só voz.

Por um lado, eu estava feliz, porque o Iorio convenceu a administração a nos deixar seguir até lá. Por outro, eu estava dando choque em enguia elétrica de tão nervosa! Mas não sabia o porquê.

Seguimos a pé pela trilha, rumo ao curral, para pegarmos os cavalos. Na primeira chance que eu tive de ficar sozinha com Iorio, perguntei o que tinha feito ele mudar de ideia sobre aquele passeio.

– Acho que não foi só por causa do lema da pousada, não é mesmo, Iorio?

– Sim, Giovana. Ontem à noite, aquele turista estranho com botas de mocassim e capuz de índio apareceu em meu sonho.

– O *Déio do Rio*? – perguntei para disfarçar, mesmo sabendo que ele se referia ao meu amigo VT.

– Sim, ele mesmo.

– *Caraca*! Não brinca! O que ele disse?

– Não disse nada. Mas, em meu sonho, ele seguia à nossa frente na cavalgada. O campo estava alagado. Ele montava um cavalo negro como piche quente. Depois de muito caminhar, nós avistamos as Pedras Gêmeas. Em seguida ele desapareceu. Foi isso que me fez procurar a administração para pedir que nos deixasse seguir até lá.

Mais uma vez, o VT me ajudou na busca dos cristais. Ele havia aparecido para o guia, e agora eu tinha a certeza de que estava no caminho certo. Então, por que eu estava assim, tão nervosa? O que iria acontecer?

15

ao encontro das pedras gêmeas

Caminhamos às margens do rio Claro, passamos sobre pontes muito estreitas de madeira e vimos de perto alguns manguezais. Iorio seguia com suas aulas sobre a natureza pantaneira, para passar o tempo e chamar nossa atenção para a beleza da região.

– Sabem o nome que se dá a essa vegetação que fica às margens dos rios e dos cursos d'água? – perguntou.

– É mato?!? – *chutou* Lipe, mais uma vez.

– Não, Lipe. Estas são as florestas ciliares. E vocês sabem por que têm esse nome?

– Teria alguma coisa a ver com os cílios? – perguntou Manu.

– Exatamente, Manu! Os cílios protegem nossos olhos de pequenas partículas soltas no ar.

– E a vegetação *de cílios*, o que faz? – perguntou Lipe.

– A vegetação CILIAR protege os cursos de água – disse Iorio. Ele nos explicou que a vegetação ciliar impede que as chuvas carreguem a terra para dentro do rio. Isso faria aumentar a sua largura e reduzir a sua profundidade e se chama assoreamento.

– Boa, Manu, você é gênia! – disse Lipe, enquanto olhava para mim.

Eu decidi não reagir a mais essa provocação dele. Minha preocupação estava em encontrar os cristais. Por isso eu estava tão nervosa.

Será que eu vou achar os dois cristais que faltam, aqui, junto das Pedras Gêmeas do Pantanal? Por isso elas são "gêmeas", por se tratar de duas pedras... dois cristais...

Chegando ao curral, os cavalos já estavam arreados e prontos para partir. Iorio montou naquele cavalo branco da véspera, de crinas longas e escovadas.

Ele tinha trocado o boné por um chapéu de vaqueiro. Vestia botas até os joelhos e de seus calcanhares saíam ferrinhos pontudos, que eu não sabia do que se tratavam[23]. Juntou ao seu uniforme um berrante e um pedaço de chifre preso por uma correia.

– Que é isso, Iorio? Para que serve esse chifre quebrado? – perguntou meu tio.

– Este é um guampo. Ele serve para pegarmos água do rio sem precisar apear do cavalo.

– E essas bolsinhas na lateral do seu cavalo, que só você tem?

– Isto é o sapicuá, Marcela. O pantaneiro geralmente carrega um copo para servir o guaraná e açúcar. Eu levarei o *walkie talkie*, primeiros socorros e um lanchinho. Hehehe.

– Esse passeio vai ser muito cansativo? – perguntou minha mãe, desanimada.

– Não acredito que será cansativo, porque temos muita coisa com o que nos distrair. Mas receio que os campos estejam muito alagados.

[23] *Mais tarde os vi usando para tocar o seu cavalo.*

– Por isso as galochas? – perguntou Clara.

– Sim, Clara. Por isso pedimos que vestissem galochas e vamos ter que torcer para que o nível da água não esteja tão alto a ponto de molharmos os pés.

Quando a tropa com oito cavaleiros partiu do curral, ouvimos uma nova revoada no pantanal. O cavalo branco do Iorio empinou e saiu na frente, todo agitado!

– Os nossos também vão empinar, Iorio? Não quero, não! – disse minha mãe.

– Fiquem tranquilos. São todos mansos – disse ele.

Mesmo assim, eu segui atrás, mantendo uma certa distância dele para não tomar um coice. Meu pai e o tio Paulo seguiram por último. O resto do grupo revezava de posição entre si.

No caminho eu ia pensando: *Quer saber? Eu é que sou a verdadeira guardiã dos cristais místicos, não preciso de ninguém me perturbando e dizendo o que eu posso ou o que eu não posso fazer. Consigo muito bem me virar sozinha, como sempre fiz até hoje!*

A trilha por onde a tropa passava era muito bonita. O céu estava claro e vimos nas árvores alguns sabiás, udus, cardeais e um pica-pau, de peito amarelo e cabeça vermelha.

Meu pai e meu tio *clicavam* muito naquele trajeto. Nem ouviram quando Iorio começou a falar da suçuarana[24] que, provavelmente, cruzou o nosso caminho na noite anterior.

– Como foi isso, Iorio? – perguntou Manu.

– Assim como eu te disse. Um dos vigias da pousada, quando foi trocar de turno, encontrou a carcaça de uma paca. Ela estava largada à beira da estrada, com um monte de urubus sobrevoando a carniça!

– *Caraca*! – gritou Lipe.

---

[24] *Onça-parda*

– Foi a onça que ouvimos ontem? – perguntou Manu.

– Tudo indica que sim – respondeu Iorio, sem muito se preocupar.

– Você já viu alguma onça por aqui?

– Vi, sim, Lipe. Mas ela não teve tanta sorte quanto essa de ontem.

– Como assim? – perguntou Clara.

Iorio nos contou que certa vez ele estava acompanhando um pequeno grupo em uma exploração fotográfica. Procuravam alguns pássaros exóticos. Eles estavam camuflados em meio à vegetação ciliar quando viram uma onça pintada nadando no rio. Ela tentava se aproximar de um casal de capivaras que estava na margem.

– E onças nadam? Pensei que os felinos tinham medo de água.

– Pois saiba que são ótimas nadadoras, Lipe.

– Então ela conseguiu cercar e comer a capivara? Quem ela pegou primeiro, o macho ou a fêmea? – perguntou Clara, interessada.

– Nenhum dos dois. A capivara que a onça escolheu era a menor do casal; mesmo assim ela conseguiu uma fuga fantástica!

– Ai, que bom! – disse tia Marcela.

– O grupo de fotógrafos que estava comigo conseguiu filmar e fotografar tudo. Curtiram tanto que depois desse episódio já retornaram duas vezes – contou Iorio.

A trilha de terra terminou e entramos em meio à floresta fechada. O guia e seu cavalo branco iam à frente, cortando galhos e nos alertando para tomar cuidado com as pontas cortadas e os arranha-gatos[25].

Alguns minutos depois, uma enorme clareira se abriu. Assim como se abrisse uma cortina, para a apresentação de uma peça, em um palco de um teatro gigante.

Os rios haviam transbordado e a gente não conseguia mais ver onde eram seus antigos leitos. Estávamos entrando em um enorme

---

[25] *Tipo de planta que tem muitos ramos e espinhos.*

alagado, com pouca vegetação acima do nível da água e sem saber qual a profundidade dali para frente.

Quanto mais entrávamos no descampado, mais fundo ficava. Meu cavalo já tinha água pelos joelhos e as galochas já encostavam na água.

– Como sabemos para onde estamos indo, Iorio? – perguntou meu tio.

– Os cavalos sabem. Sentem a trilha em suas patas.

– E as sucuris? – perguntou minha tia.

– Têm hábitos noturnos. Devem estar dormindo a essa hora e, com sorte, de barrigas cheias.

– Falta muito? – quis saber Lipe.

Iorio não respondeu. Apenas ergueu o braço e apontou duas pequenas linhas negras no horizonte, que refletiam suas sombras no espelho de água.

Acabávamos de avistar as Pedras Gêmeas do Pantanal. Ao lado delas, somente eu conseguia ver a silhueta de meu amigo Viajante do Tempo. Ele já estava à minha espera...

16

visitando o passado

Seguimos em fila indiana, atrás do Iorio, para não sermos surpreendidos por nenhum buraco ou bicho. Lipe, com o cavalo mais baixo do que os demais, precisava manter os joelhos bem dobrados para não deixar que a água entrasse nas galochas.

O sinal em minhas costas começou a vibrar no momento em que chegamos à parte alagada do Pantanal. Porém, eu já não via mais o VT ao lado das Pedras Gêmeas.

– Se alguém vir uma sucuri, me avise! – gritou Lipe. – Já separei meu estilingue e três bolas de gude. Daqui de cima não tem como eu errar!

– Nem fale uma coisa dessas! – reclamou minha tia.

– Para de falar nessa cobra. Isso pode atrair o bicho – completou minha mãe, apavorada.

– Aqui tem piranhas? – perguntou Manu.

– Provavelmente, sim – respondeu Iorio, querendo impressionar.

– Mas elas não voam – disse meu pai. – Elas não saltarão acima da sela, hahaha!

Quando chegamos diante das Pedras Gêmeas, meu coração pulava na boca. Minhas mãos estavam suadas e minha marca da pedra em cruz começou a queimar.

Esperei que todos tirassem suas fotos ao lado das pedras e só então pedi aos meus pais que se afastassem com o grupo para me deixarem um instante sozinha. Só eu e Clara. Disse a eles que eu queria uma foto sozinha ao lado das Pedras Gêmeas.

Papai e mamãe notaram o meu ar preocupado e perguntaram:

– É agora, Gi?

– Sim, pai.

– Tome cuidado, filha.

– Pode deixar, mãe.

Eles sabiam o que eu ia fazer.

Nesse momento, algo inesperado aconteceu e nos surpreendeu! Vindo eu não sei de onde, o gavião-rei mergulhou no vão entre as duas pedras à nossa frente e DESAPARECEU!

O grupo já estava de costas para nós e não viu aquela cena. Mamãe e papai perceberam que era a hora de se retirarem e seguiram atrás deles. Eu pedi à Clara para se aproximar do meu cavalo.

– Me ajuda a pegar os cristais, irmã?

– Claro. Quais você vai levar?

– Não sei, vou enfiar minha mão no saquinho de cristais e deixar que os ancestrais me guiem.

Optei por duas pedras que trocaram energia com o sinal em minhas costas no instante em que foram tocadas.

– Eu vou guardar sua mochila comigo até a sua volta, *imã* – disse Clara, com voz suave –, e tente não demorar. Eu te amo.

Eu me virei e conduzi o meu cavalo para a entrada daquele "portal". Um grande corredor alagado, passando pelo meio de duas grandes rochas, que, refletidas na água, pareciam ter o dobro do tamanho. Olhei para a base daquelas pedras e elas pareciam fincadas no centro da Terra!

À minha frente, eu percebi que o vento fazia vibrar uma espécie de lâmina fina, quase invisível, que ligava uma pedra à outra. Eu precisaria atravessar esse painel transparente se pretendesse chegar ao outro lado.

Ao tocar o cavalo para passar por aquele painel, primeiro eu vi desaparecer a cabeça dele. Toquei mais um pouco com meus pés na barriga do cavalo e vi o seu pescoço sumir.

Virei para trás, dei uma última olhada para o rosto assustado de Clara e cravei os calcanhares na barriga do meu cavalo. Ele ultrapassou totalmente o portal. Olhei para trás e minha irmã havia sumido.

Ao meu lado, a superfície da rocha parecia ter sido talhada com ferramentas bem simples. Estava toda *picotadinha*, como se fossem as escamas de um pirarucu.

Raios de sol refletiam na água e davam a essas escamas um efeito de vidro negro. Nesse enorme muro de rocha eu vi minha sombra se multiplicar em mil reflexos ao longo de todo o corredor.

Ao chegar do outro lado eu encontrei uma paisagem diferente da que eu tinha deixado para trás. O chão não estava encharcado. Havia flores muito perfumadas naquele campo e o mato estava mais verde. O céu era de um azul profundo e as nuvens, brancas como neve, flutuavam de um lado para o outro ao sabor do vento.

Eu estava olhando tudo, muito impressionada, quando uma voz calma e tranquila me fez arrepiar e virar para trás.

– Por que demorou tanto?

Recuperada daquela surpresa, eu respondi ao VT com outra pergunta:

– Eu é que te pergunto: por que você não me dá logo as pedras e eu as devolvo para a tribo? Nós vamos viajar o mundo todo nessa brincadeira de esconde-esconde?

– Calma, pequena Giovana. Tudo a seu tempo – disse ele.

– Tá bem. Então, me diga: cadê as pedras?

– Estão bem perto de nós, mas você ainda não pode levá-las.

– Como assim?

– Elas precisam seguir o seu curso, e a tribo carece da boa energia que elas carregam.

– Não sei se eu entendi bem, mas me diga uma outra coisa: que lugar é esse?

– Estamos no mesmo lugar que o seu grupo, só que em tempos diferentes. Em relação ao seu tempo eu viajei para o futuro, e você para o passado.

– Complicado isso tudo. Por que você mesmo não pega as pedras e as leva para aquela tribo misteriosa?

– Os cristais têm poderes diferentes, como você já deve ter percebido. Os que te foram confiados te permitem viajar ao passado e transportar objetos através do tempo.

– E os seus, não?

– Os meus me permitem viajar, também, para o futuro, e ampliam minha força física.

– Por isso você está sempre à minha frente e consegue me tirar dos apuros?

– Isso mesmo. Porque eu já fiz essa viagem antes de sua chegada. – Aí ele parou, refletiu um pouco e completou: – Nosso tempo está se esgotando.

– Então me diz, onde estão os cristais?

– Perto daqui. Um lugar de muito verde, cachoeiras e águas claras. Siga o caminho das Amazonas, em direção ao sul.

– Acho que entendi, mas me diga...

Antes que eu pudesse concluir a pergunta, ele ergueu a mão direita, me pedindo para aguardar.

– Há coisas importantes a falar e você precisa me ouvir. Você já percebeu que as águas que correm por cima e por baixo da terra trocam energia com você e seus ancestrais?

– Como assim?

– Existe uma grande rede de canais irrigados na mãe-terra, à qual a sua mente está mais uma vez conectada. Não perca essa conexão. Ela vai ajudá-la a encontrar os cristais que estão faltando.

– Mas... – fui obrigada a silenciar de novo.

Ouvimos vozes se aproximando ao longe. Nos viramos e eu vi um grupo de índios que vinha em nossa direção.

– Pegue seus cristais, Giovana, e não deixe que eles a vejam. Há outras coisas que eu ainda preciso lhe dizer.

Eu fiz o que ele disse e me tornei invisível aos olhos dos índios que se aproximavam.

– Agora olhe para este lado – ele disse, e movimentou o braço à frente do painel transparente, que havíamos ultrapassado para entrar naquele campo. E aí...

301

17

adeus, Pantanal maravilhoso!

Um filme começou a passar na minha frente, projetado em uma fina lâmina de água que ligava as duas pedras gêmeas. Enquanto o filminho ia passando, meu amigo VT foi me contando a história da tribo.

Disse-me ele que aquela tribo percorreu longas extensões de rio, em canoas feitas do tronco de árvores da Amazônia. Ele assistiu ao nascimento das gêmeas e aos seus primeiros anos de vida. Segundo o VT, "elas eram filhas de uma guerreira amazona".

A tribo partiu de um local escondido do mundo até hoje e foi onde se originaram os primeiros índios que fundaram a tribo misteriosa que conhecemos na Amazônia. Depois de muito caminhar eles vieram fazer pouso às margens do Rio Claro.

– A pequena tribo cresceu e, com ela, as gêmeas, que assumiram a condição de líderes do grupo – contou o VT.

– Eu vi, com os meus próprios olhos, as Pedras Gêmeas serem extraídas da rocha. Depois foram transportadas sobre troncos de árvores que rolavam no chão. Por fim, foram erguidas por fortes cipós. Os índios e índias da tribo escavaram o solo e fincaram essas enormes rochas no ponto que aqui estão hoje – ele disse.

Neste momento, um barulho de música, de pessoas conversando e crianças cantando nos fez virar para ver do que se tratava. O animado grupo de índios começou a se aproximar das pedras e de nós dois, invisíveis, no centro daquela roda.

– São elas – perguntei, apontando para duas índias iguaizinhas –, as gêmeas?

Elas eram lindas: de cabelos longos e lisos, lábios carnudos, nariz de bolacha, olhos grandes e castanhos. Traziam no pescoço duas gargantilhas, cada qual com um cristal. Um deles era aquele verdinho que eu havia encontrado em Foz.

Acho que acabei de conhecer sua bisa, Naipi – pensei.

– Sim, você tem razão. – VT parou por um instante e concluiu: – Nas duas coisas.

– Então você leu meus pensamentos?

– Esta é mais uma virtude dos meus cristais. Mas só consigo fazer isso com umas poucas pessoas muito especiais. E você é uma delas. A conexão que temos me permite viajar para o passado a partir do seu futuro, por isso estamos juntos.

Para mim estava muito difícil compreender o que ele queria dizer. Mesmo assim, ele não parava de falar.

– Você precisa retornar agora. – Virou-se para o painel e continuou: – Mas, antes de você voltar, eu quero que conheça uma passagem, que é contada em minha tribo de pai para filho, há muitos e muitos sóis.

Em tempos antigos existia uma linda floresta na qual quatro árvores cresceram em comum união. Depois de grandes elas perceberam que cada qual tinha algo que as diferenciava uma das outras.

Frutos doces e saborosos nasciam de uma delas. Outra fornecia sombras frescas e refrescantes. Uma terceira tinha as raízes fortes e compridas e era muito elogiada pelo tamanho e cor das suas folhas.

A última das quatro era um grande e robusto carvalho, que havia crescido bem no centro das demais. Sua copa estava acima das outras árvores, e, por acreditar-se de beleza diferenciada, ele cresceu forte e vaidoso.

Apesar de a floresta estar em uma área bastante grande para viverem todos juntos, certo dia o carvalho começou a reclamar da falta de espaço. Pediu, então, que a mãe-terra removesse de seu lado a árvore de folhas verdinhas porque, segundo ele, as raízes dela estavam cruzando com as suas, e isso atrapalhava o seu desenvolvimento.

A mãe-terra consentiu no seu pedido e mudou a linda árvore de pequenas folhas para outro local.

Dias depois, o orgulhoso carvalho pediu à mãe-terra que removesse de seu outro lado a árvore frutífera, pois seus frutos caíam maduros no solo e apodreciam, causando mau cheiro. Além disso, reclamou que os frutos atraíam pássaros para fazer ninho em seus galhos, e o canto destes incomodava o silêncio da floresta.

Sabedora do que pretendia o orgulhoso carvalho e com a intenção de ensinar-lhe uma lição, a mãe-terra consentiu e mudou de lugar aquela linda árvore frutífera.

Por fim, o carvalho, que se considerava a mais importante árvore aos olhos da mãe-terra, pediu que ela removesse aquele frondoso flamboyant que pairava à sua frente, pois a sombra dele estava transpassando a sua própria. E assim foi feito.

Aí o VT fez uma pausa na sua historinha e ficou me olhando, como se esperasse alguma reação da minha parte.

– Pronto? Acabou a história? – perguntei, pois não sabia o que isso tinha a ver com os cristais.

– Não, Giovana. A história acabou no dia seguinte. Um grande vendaval alcançou aquela floresta de uma árvore só. Naquele momento, o carvalho se viu sozinho. As raízes daquele bonito fícus, removido pela mãe-terra, não estavam mais sobre as suas raízes para torná-las mais fortes e dar-lhes estabilidade. Também não havia mais a proximidade das outras árvores que estavam ao seu lado. Ele não tinha mais onde se escorar e não contava com o apoio e o suporte delas para enfrentar aquela tempestade.

– E o que aconteceu com o carvalho? – perguntei, ansiosa.

– Ele tentou resistir às forças do vento, mas teve as raízes arrancadas, foi ao chão e morreu.

Caraca! *Sinistro*! Entendi bastante bem o que você quer me dizer. Pior do que isso, você está lendo meu pensamento agora.

– Está bem, já entendi – falei –, serei mais carinhosa com os guardiães daqui para frente. Pode deixar.

– Agora você precisa ir, pequena Giovana. Seus amigos estão te esperando. – E, virando-se para as Pedras Gêmeas, me alertou: – Veja! A passagem do portal está aberta.

Eu me virei para olhar a passagem e a lâmina de água havia desaparecido. Quando me virei de volta para perguntar: "qual o seu nome?", não tive resposta.

Ele já tinha sumido.

***

De volta à pousada, eu contei tudo o que o meu amigo VT tinha me dito sobre a origem e o destino dos cristais místicos.

Apesar de não saber exatamente o local, não foi difícil para o meu grupo identificar que os cristais seguiram para Bonito: "muitas cascatas e águas cristalinas em direção ao sul".

Tio Paulo abriu o mapa em cima da mesa do café da manhã e traçou uma reta que partia de Novo Airão, passando por Poconé e Bonito, em direção a Foz do Iguaçu. Tudo se encaixava.

Iorio nos ajudou, e a administração fez um acordo entre as pousadas, que eram do mesmo dono. Papai conseguiu um voo entre as duas cidades, em um aviãozinho que fazia o trajeto de Poconé até um pequeno aeroporto próximo do centro de Bonito.

Faltavam apenas mais quatro dias antes de termos de voltar para casa.

A gente estava na van a caminho do pequeno aeroporto de onde partiríamos para Bonito, e eu ouvia ao longe a voz da minha mãe, que tentava ler o meu pensamento.

– Giovana, onde você está com a cabeça? Já te chamei três vezes!

Eu olhei no fundo dos olhos da minha mãe, mas não consegui dizer nada.

Depois de algum tempo em silêncio, apenas senti que eu falava com ela...

Sabe, mãe, é difícil eu te explicar onde eu estou com a cabeça:

Talvez no preto e laranja da onça-pintada
que mergulhou atrás da capivara assustada.

Talvez no vermelho fogo da cabecinha de um cardeal,
ou no voo sincronizado das araras de azul royal.

Talvez agradecendo a um rei sua majestosa proteção,
ou lembrando do mergulho certeiro de um belo gavião.

Da esperteza do negro biguá,
Da laranja solidão do lobo-guará
E do cabelo esquisito do velho carcará.

Talvez, eu me lembre aqui
do peixe que o Lipe pescou com brio,
e dos doces de bocaiuva e pequi,
que por triste razão não temos no Rio.

Talvez eu me lembre, agora,
do cheiro da lenha a queimar no fogão,
do mato molhado ao lado de fora
e das flores e frutas desta região.

Acho que enfim eu estou pensando
Nas cores intensas e sabores diversos,
Dos amigos que fizemos, aromas e versos.

– Então, Gi, em que você está pensando? – ouvi minha mãe perguntar de novo.

Olhei para ela com muita ternura e uma lágrima doce me escapou do olho esquerdo.

– Saudade, mãe – foi tudo que consegui dizer. – Acho que descobri o significado da palavra saudade.

18

o terrível pum da vaca

A gente estava voando havia mais de uma hora. Um calor danado, superapertados e começando a ficar sem assunto, quando Lipe, sempre o Lipe, começou...

– Pai, depois que a gente saiu dos alagados do Pantanal, já vimos passar milhares de bois e vacas lá embaixo.

– É verdade, pai, são muitos! Devem ter desmatado um bocado de florestas para plantar capim e dar comida para essa boiada toda, não é mesmo? – quis saber Manu.

– Sim, filhos. Graças à natureza, temos terra e água em abundância para plantar e colher o alimento de que necessitamos.

– Mas é preciso plantar com boa técnica, pois, se o uso da terra for feito de forma desordenada, correremos o risco de esgotar o solo, desperdiçar toda a água e aumentar o efeito estufa – explicou Clara.

– Efeito estufa? – eu perguntei.

– Sim, Giovana. Um fenômeno causado pelo lançamento de gases tóxicos na atmosfera, seja de carros, fábricas ou aviões, que pode levar à elevação da temperatura e até abrir um buraco na camada de ozônio – completou papai.

– Mas, tio... não é o *pum da vaca* que está abrindo o buraco na camada do '*ozonho*'?

– Poxa, Liiiipeee! Fala sério. Para de brincar com coisa séria! – interrompeu Manu.

– Pai, continue a sua explicação. Então, não tem jeito? Vamos todos morrer cozidos por causa do efeito estufa?

– Se a temperatura continuar a subir, as geleiras poderão derreter e a maré vai subir muito. Diminuirão as áreas para plantar, criar bois e até para construção de casas.

– Então é melhor a gente se mudar para Petrópolis. Lá fica bem mais alto que a cidade do Rio de Janeiro, e a água não deve nos alcançar lá. Estou certa?

– Isso mesmo, Gi. E, agora, eu entendo por que aqui está tão quente. Parece uma estufa!

– O que você acha que é a causa deste calor, Lipe? – perguntou meu tio.

– Só pode ser por causa daquele monte de vaca soltando *puns* lá embaixo. Devem ter furado a camada do '*ozonho*' e a temperatura subiu – falou Lipe.

– Pessoal, calma – pediu o tio Paulo. – Em primeiro lugar, não se diz camada "do *ozonho*". O correto é camada "DE OZÔNIO".

– Eu sabia disso, pai! – disse Manu.

– Em segundo lugar, Lipe, uma curiosidade: a flatulência da vaca, ou o *pum* – como você insiste em chamar – é formado por gases que o gado solta pela boca, durante sua digestão.

– Eca, pai! – disse Manu, enojada.

– Mas esses gases representam quantidades bem menores do que aquelas produzidas pela queima dos combustíveis fósseis[26].

Voltando-se para mim, ele concluiu:

– Por fim, Giovana, voltando à sua pergunta, a resposta é sim. Claro que tem jeito! Ninguém aqui espera morrer de calor ou afogado. Reverter esse quadro depende de todos nós. Temos que aprender a conviver em equilíbrio com os demais seres, sejam eles do reino animal ou vegetal.

Finalmente, aterrissamos em Campo Grande e seguimos para a pousada em Bonito. Tudo ali era bem diferente do que vimos no Pantanal. Muitas árvores altas, bem verdinhas, e muitos carros indo e vindo pelas estradas.

A cidade tinha tudo e mais um pouco. Lojas, sorveterias e, ao passar em frente a um restaurante, eu vi anunciada a carne de jacaré. Aí me lembrei de que tínhamos saído do Pantanal sem termos experimentado o bicho.

– Pai, vamos comer jacaré? – perguntou Lipe.

– Isso, tio, vamos virar esse jogo! A gente come o bicho em vez de ele nos comer.

– Hoje não dá tempo, Gi. Está tarde e precisamos descansar – decidiu ele.

– Ainda falta decidir que passeio faremos amanhã – disse Clara.

– Alguma ideia, Gi? O que disse o seu amigo VT? – quis saber minha mãe.

– Esse é o problema, mãe. O VT não fala de forma clara e objetiva, tipo: "vá ao bar do Chico e lá encontrarás o cristal".

– Ele fala como, Gi? – perguntou Clara.

---

[26] *Como a queima dos derivados de petróleo: querosene, óleo diesel e gasolina.*

– Ele fala cheio de mistérios, coisas tipo: “Existe uma grande rede de canais irrigados na mãe-terra... Não perca essa conexão. Ela vai ajudá-la a encontrar os cristais que estão faltando”.

– É isso! – gritou Manu. – Vamos fazer aquele passeio que o Iorio disse que é muito bacana! Aquele que a gente fica boiando no rio para ver os peixes, lembram?

– Boa, Manu! – concordou Clara. – Durante uma hora em contato direto com as águas do rio, você deverá ter alguma indicação para onde deveremos ir. Manu é gênia!

Antes da viagem para Bonito, Iorio nos falou sobre seis passeios que ele considera “imperdíveis”. Segundo ele, nós deveríamos fazer todos antes de voltar para casa. O problema é que só tínhamos três dias. Ou seja, três desses passeios ficariam de fora da programação. Só esperava que a gente fizesse a escolha correta.

Nós fomos recebidos por um simpático casal na recepção da pousada. Enquanto nossos pais preenchiam as fichas com nossa identificação, percebi que não havia outros turistas no local. Apesar disso, um menininho muito elétrico enchia o salão, pulando de sofá em sofá e quase subindo pelas paredes.

– Desculpem o meu filho – disse o moço da recepção, com um sotaque bem diferente. – Ele ainda tem muita *enerrgia* para *gastarr*, antes de *dorrmirr*. Se os *estiverr* incomodando, posso *pedirr* para ele ir para o *quarrto*.

– Que nada! Deixe-o brincar. Quem tem um Lipe no grupo não se incomoda com pouco – disse tio Paulo.

– Você é alemão? – perguntou Lipe

– Por falar nele... – lembrou meu pai.

– *Frrancês*, Lipe. Posso te chamar assim? – perguntou o moço, todo simpático.

Aquele francês foi *show*! Identificou o passeio que queríamos fazer no dia seguinte. A flutuação no Rio da Prata. Depois, ele reservou um *transfer* para nos levar até o local e nos sugeriu um delicioso pintado[27] para o jantar. Comemos e fomos dormir cedo.

Acordei no meio da noite com a Clara me abraçando forte.

– Acorde, *imã*. Acorde! É apenas um sonho ruim.

Eu acordei superassustada. Estava me debatendo e querendo gritar. Porém, minha voz não saía de minha boca. Aos poucos, fui me lembrando do que tinha sonhado.

Eu estava em uma escada, daquelas em caracol, mas bem larga e feita de pedras. Paredes, degraus, tudo construído com pedras e coberto de musgo, preto e úmido. Eu subi muitos degraus escavados no meio de uma montanha.

O centro da escada era oco, redondo e aberto. Dava para ver o céu, mas meu sonho não era colorido. O corrimão estava molhado e tinha pequenas aberturas nas paredes laterais, que formavam arcos por onde entrava a luz que iluminava os degraus.

Quando cheguei lá em cima eu fiquei diante de um corredor. Caminhei por ele até a entrada de um grande salão, que estava muito escuro. A pouca luz que chegava do vão da escada era insuficiente para enxergar o que havia ali.

Aos poucos, a minha vista foi se acostumando à escuridão. Quando finalmente eu consegui enxergar o que estava à minha frente, eu *flipei*! As paredes da caverna estavam revestidas por ossos!

Todos os ossos estavam separados por tipo e tamanho e empilhados, um sobre o outro, do chão ao teto, cobrindo todas as paredes daquele espaço.

E não era só isso!

---

[27] Pintado, também conhecido como surubim e moleque, é um peixe de água doce que tem como característica mais importante os inúmeros pontos pretos em sua pele acinzentada.

No centro do salão havia um trono esculpido em um bloco de pedra. Nele repousava um esqueleto inteirinho. Cabeça, tronco e membros. Usava um cocar na cabeça, um manto com desenhos tribais nas pontas e um colar, com o cristal que tínhamos ido buscar pendurado em seu pescoço.

– Então, Gi. Me conta! Como foi esse sonho?

Eu contei para a Clara quase tudo, menos a hora em que entrei naquele salão *sinistro*! Eu não queria preocupar ninguém. Mas a verdade é que eu vi o cristal de uma das gêmeas que veio do Pantanal. Estava guardado em um salão, tipo uma tumba.

MAS ONDE?

19

uma mensagem oculta na gruta

No dia seguinte, um micro-ônibus nos levou até uma fazenda que ficava um pouco distante da nossa pousada. Ao chegarmos lá, fomos recebidos por monitores que nos levaram para trocar de roupa e nos deram algumas orientações sobre o passeio.

Todos subimos na boleia do caminhão e, alguns minutos depois, chegamos ao platô onde a trilha tinha início. Ainda bem que o macacão de neoprene mantinha aquela nuvem de mosquitos afastada de nossos corpos.

– Chegamos ao lago onde faremos um pequeno treinamento – disse o instrutor. – Entendam que esse passeio é para obtermos total interação com a natureza, porém com o menor impacto possível. Por isso, não é permitido pisar no fundo do rio, utilizar repelentes ou filtros solares.

– Seremos a alegria da mosquitada – disse papai.

– *Fast food*! – complementou meu tio.

– *Shhh*! – mamãe e tia Marcela acabaram com a brincadeira deles.

– E se eu quiser fazer xixi? Posso fazer na natureza? – perguntou Lipe.

– Você deverá aguardar até a primeira parada que faremos, 20 minutos após o início da descida. No total, o passeio vai durar no máximo 50 minutos.

Partimos em fila indiana. O monitor à frente, eu atrás do Lipe e na frente do meu pai, que era o último da fila. A gente seguiu boiando e descendo com a correnteza, sem precisar fazer força. Serpenteando as curvas do rio e nos desviando das pedras e troncos.

E quantos peixes! Grandes, pequenos, médios ou ENORMES. De rabo amarelo ou de rabo vermelho. Azuis ou marrons. Todos muito calmos e tranquilos.

Só que o passeio já estava chegando ao fim, e nada de eu ter um sinal de onde estaria escondido o cristal que eu tinha ido procurar. Foi então que decidi me virar com a barriga para cima e tirei o *snorkel* da boca, para descansar as bochechas.

Eu estava muito tranquila e sem pensar em nada quando ouvi o grito do gavião-rei, que fez uma curva atrás de nós e passou por cima de mim.

Ele deixou marcado o caminho que percorreu, com pequenos círculos feitos pelas pontas de suas asas, que tocavam a superfície do rio. Antes da curva seguinte ele pousou, em câmera lenta, no topo de uma árvore. Olhou para mim e deu novo e agudo grito.

Era hora de recolocar o *snorkel* e mergulhar a cabeça nas águas do rio.

***

– Então, Giovana, me desculpe, mas não deu para entender. Conta de novo, da parte que você mergulhou sua cabeça na água do rio – disse papai.

– Isso, logo depois que o gavião-rei pousou na copa da árvore – pediu minha mãe.

Estávamos de volta ao *lobby* da pousada. Todos queriam saber, pela décima vez, como foi a visão que eu tive, depois que o gavião-rei fez um voo rasante no Rio da Prata.

Eu falei que estava de olhos fechados, com a cabeça dentro d'água, e que havia parado de mexer os braços e as pernas. Deixei a correnteza me levar, lenta e tranquilamente, até que... comecei a ouvir vozes.

Eram várias mulheres falando umas com as outras, e o som era estranho. Apesar de não falarem português, eu conseguia entender tudo, assim como entendi Naipi em Foz. Elas falavam sobre algum lugar distante, do tempo em que ainda eram crianças.

– Por que você disse que o som era "estranho"? – perguntou Manu.

– Como se elas conversassem no banheiro, sabe como é? Faz eco, sei lá.

– Isso não vem ao caso, gente! – cortou o meu tio. – Continue, Gi.

Eu disse para eles que decidi abrir os olhos e, aí, não vi mais o fundo do rio, nem os peixes, nem a Clara ou o meu pai.

Eu estava dentro de uma gruta. Podia ver várias estalactites descendo do teto. Algumas estalagmites também. Os degraus eram de pedra. Enquanto eu descia, um lago surgiu ao meu lado direito. Do outro lado só havia um paredão de rocha.

Do alto, os raios de sol entravam na gruta e iluminavam o lago onde as mulheres se banhavam, conversavam e riam muito.

– Elas estavam peladas?

– LIIIPE! Deixa de ser bobo! – gritou Manu.

– Poxa, só fiz uma pergunta.

– E aí, Gi, fala do desenho que você viu no final da escada – pediu Clarinha.

Contei ao grupo que, atrás de mim, no paredão de pedra, havia alguns desenhos. Tipo aqueles que vimos na caverna em Foz[28], só que menores, sem pessoas ou bichos. Apenas paisagens. Mas quando eu quis prestar mais atenção aos rabiscos...

POW!

– Você bateu com a cabeça em um tronco na margem do rio – disse tio Paulo.

– E voltei daquele sonho. Bem a tempo de ver o gavião decolar e partir – contei.

– Ou seja, temos que ir nessa gruta para olhar o desenho, pois ele deve nos levar ao local onde o cristal está escondido – concluiu Clarinha.

– Sim, mas onde fica essa gruta? Pelo que disse o francês, Bonito tem dezenas delas.

– É a Gruta do Lago Azul – revelou uma voz rouca de criança, de fora do nosso grupo. O meu sinal em cruz vibrou na mesma hora.

– Como assim? Quem disse isso? – minha mãe perguntou, e todo mundo se virou para ver o garotinho.

– Eu. Gabriel. Já estive lá com o meu pai– explicou ele, apontando para o francês, atrás do balcão da recepção.

– Gi, o lago era azul? – perguntou Manu.

– Sei lá.

– Sonhou em preto e branco, de novo?

– Sim – respondi.

---

[28] *Giovana e sua turma encontraram alguns desenhos indígenas em sua viagem para Foz do Iguaçu. Você se lembra onde estavam essas ilustrações?*

Conversamos com o pai do Gabriel e confirmamos nossas suspeitas. A descrição batia com a visão que eu tive. A reação do sinal em minhas costas também.

Já tínhamos o próximo destino: A Gruta do Lago Azul.

No dia seguinte partimos cedo para lá. Ao chegar, fomos levados para um salão onde nos contaram algumas curiosidades sobre aquela gruta. Depois, fomos informados sobre detalhes da descida, que seria feita em grupos pequenos e guiados.

Seguimos a pé por uma trilha, pequena e muito bonita, até o início da descida. Reconheci no mesmo instante o caminho que estávamos prestes a percorrer.

Era uma escada natural, comprida e muito inclinada. Cordas presas em barras de ferro fixadas na rocha serviam de corrimão para ninguém cair lá embaixo.

– Para de gritar, Lipe! – pediu tia Marcela. – Não dá para ouvir o que o guia diz.

Ele estava gostando de ver o efeito que os seus gritos faziam na gruta. A forma da caverna fazia tudo o que dizia retornar em ecos.

– Você fica aí gritando e depois acontece igual nos desenhos. Uma estalactite se solta e cai na sua cabeça! Aí eu quero ver sua cara de bobo – provocou Manu.

– Se cair vai acertar você, que é a cabeçuda do grupo – respondeu ele.

– Mãeee, pede para o Lipe parar!

O guia descia um lance de degraus e parava para fotografias. A luz entrava inclinada e alcançava até o fundo da gruta. Quando chegamos a ver o lago que se formava ao fundo, aquilo foi mágico.

Um azul-turquesa lindo, que tinha vários tons. O guia disse que a diferença de cores era por causa da profundidade do lago. Quanto mais raso, mais claro.

Estávamos no final da gruta. Foi ali que eu vi as índias tomando banho. Estávamos vidrados tirando fotos, quando a Clara me lembrou do que a gente tinha ido fazer ali. Nós viramos para ver o desenho na rocha e...

O PAINEL SUMIU!!!

20

a pista que faltava

– Moço, cadê o desenho que tinha aqui? – perguntei para o guia.

– De fato, houve um desenho rupestre nessa parede, porém foi roubado.

– Como assim? – perguntou meu pai. – Quem roubaria um desenho de uma rocha?

– Infelizmente – lamentou o guia –, isso não é pouco comum de acontecer. Vários sítios arqueológicos espalhados pelo Brasil sofrem esse tipo de vandalismo.

Segundo o guia nos disse, gravuras rupestres são alvo de depredações e de furtos. As gravuras roubadas são vendidas para colecionadores daqui ou de fora do país, onde serão expostas em museus ou ficam guardadas por um único colecionador.

– Quando essa área foi tombada como Monumento Natural, em 1978, o painel já não existia – ele deu um tempo e continuou: – Agora precisamos subir. Como vocês sabem, os grupos são trocados a cada 20 minutos.

Eu fiz um sinal com os olhos para Clara e meus amigos guardiães. Todos sabiam o que devia ser feito. Eu faria mais essa viagem no tempo para visitar o mural, antes de ele ter sido levado.

Separei dois cristais para viagem, pedi a Manu que guardasse minha mochila e a Lipe que distraísse a atenção do guia. Os outros já o tinham seguido em direção à saída.

Fechei os olhos, me concentrei e, quando ia pedir aos ancestrais para me transportarem, a Manu gritou:

– ESPERE, GI!

– O que foi, Manu? Não temos muito tempo – avisou Clara.

– Leve isso – disse colocando o celular dela no meu bolso. – Tire uma foto do painel.

– Gênia! – falei.

– Mas não vá deixar meu *celu* no passado, senão minha mãe não vai me dar outro!

Voltei a me concentrar e pedi que meus ancestrais me levassem ao passado, no tempo em que o painel ainda estava ali. Tentei, tentei e... nada!

– Gente, com todo esse barulho das pessoas falando, e o som ecoando como se estivéssemos em um banheiro vazio... essa viagem no tempo não vai rolar!

– Calma, irmã, eu tive uma ideia – disse Clara, enquanto mexia em sua bolsa. – Tome, ponha meus *headphones*.

Agora sim! Tinha ficado um profundo silêncio. Fechei os olhos e senti a energia da pedra em cruz atravessar as minhas costas e alcançar os cristais turmalina e água marinha, que começaram a pulsar em minhas mãos. Raios de luz azul e amarela preencheram a gruta. Meu corpo ficou leve como algodão doce, e, em segundos, eu comecei a girar no ar.

Quando enfim voltei a sentir o peso do meu próprio corpo e pisei no chão, eu abri os olhos e me vi diante daquele enorme painel. Guardei as pedras no bolso e tirei os *headphones* que tapavam meus ouvidos, e aí...

BABOU!

Ouvi aquela "indiarada" descendo a escadaria da gruta. Ô galerinha que gosta de tomar banho! – pensei. Precisava tirar logo aquela foto. Saquei o celular da Manu, recuei um pouco para poder pegar o painel inteiro e...

"INSIRA A SUA SENHA"

Não estava crendo naquilo! E agora? Bem, eram só quatro dígitos. Devia ser o aniversário deles: 0-4-0-5. Tentei... e nada. Então, devia ser o apelido: M-A-N-U. Nada, de novo.

Ouvia algumas vozes distantes, mas, além disso, comecei a ouvir alguns passos se aproximando. Não sabia o que fazer. Peguei as pedras, virei de costas e fiquei invisível. Aí, o dono daqueles passos chegou bem perto de mim e perguntou:

– Posso te ajudar, Giovana?

– Poxa! Você quase me matou de susto! – disse, ao reconhecer a voz do VT.

Ele estava lindo e brilhante naquela capa de capuz, adornada com desenhos tribais.

– Qual a senha da Manu, com quatro letras? – perguntei.

– Senha?!?!

– É! Uma coisa importante para a Manu, com quatro letras.

– Você – disse ele.

– V-O-C-E – digitei e... – "senha não confere" – registrou o insensível sensor do *celu* dela.

– Não V-O-C-E. Você, Giovana. G-I-G-I – ele soletrou.

Abaixei para digitar e... deu certo! Me virei para agradecer, mas ele, mais uma vez, tinha sumido. Como eu ia imaginar que a senha da Manu era Gigi?

Bati a foto. O *flash* deu o maior susto nas indiazinhas que vinham descendo. Acharam que o clarão era um trovão no interior da caverna e correram de volta.

Nem precisei dos *headphones* para me concentrar. Pouco depois eu estava de volta ao meu tempo. Cheguei bem atrás de um grupo de japoneses e coreanos que estava dentro da caverna clicando loucamente fotos das estalactites. Nem me viram chegar!

– Gi, Gi – chamou Clara, parada na curva que nos levaria até a saída. – Ande logo! Ninguém percebeu sua ausência. Conseguiu tirar a foto?

– Como diz o Lipe: não tema, comigo não há problema.

De volta à nossa pousada, estávamos mais uma vez reunidos em volta da mesa e a foto do painel rupestre, no *celu* da Manu, passava de mão em mão. Já havíamos identificado três cascatas, uma grande cachoeira, dois lagos.

Ao centro do painel, uma grande rocha em forma de um crânio. De um dos olhos saíam linhas vermelhas, que pareciam raios de fogo.

– A pedra que estamos procurando está no olho do "careca" – disse Lipe.

– Quem disse que o dono desse crânio era careca? – perguntou Manu.

– Olha lá em cima! É lisinho. Se tivesse cabelo haveria ao menos uma plantinha.

– Gente, parem com isso e chamem o Gabriel. Talvez ele saiba o que procuramos.

Desta vez o Gabriel não soube nos ajudar, porque nunca, em toda a sua vida, tinha visto um crânio com raios vermelhos saindo do olho esquerdo. Mas o francês deu um palpite que fez meus pelos se arrepiarem e minha pedra em cruz arder.

– Por que vocês não visitam a Boca da Onça?

– E o que tem lá? – perguntou meu pai.

– São oito cachoeiras, lagos com água cristalina, grutas e a maior cachoeira do Mato Grosso do Sul: a cachoeira Boca da Onça.

– Bem, deve ser lindo! – disse tia Marcela.

– É nossa última chance de encontrar o que viemos procurar – eu falei.

– Não fique triste, Gi, caso não a encontremos. A viagem foi fantástica, e esse último passeio promete ser o mais emocionante – papai me consolou.

– Por que você acha que será o mais emocionante, Ricardo? – perguntou mamãe.

– Eu vi na internet que lá tem um rapel de plataforma, bem no começo da descida.

– Isso mesmo! – disse o francês. – Eu e minha mulher já o fizemos. É bem tranquilo, todos vocês poderão fazer.

Ele explicou que se tratava de um paredão de rocha calcária com 90m de altura. Com uma maravilhosa vista do Cânion do Rio Salobra. Uma região de vegetação nativa.

– Eu estou fora! Detesto altura – disse tio Paulo.

– Eu quero ir – disse Clara.

Por fim, eu, Lipe, papai e Clara nos animamos. Afinal, eu precisava ver se a cabeça do careca estava esculpida naquele paredão.

Tia Marcela, Manu e mamãe fariam companhia ao tio Paulo e iriam nos encontrar por meio de uma trilha dentro da serra. Seriam 800m de caminhada, além dos 4km que iríamos percorrer na sequência, juntos.

Fomos dormir animados com o passeio do dia seguinte, e eu estava muito confiante de que encontraria o cristal místico que buscava. Eu precisava achar aquela escada, que me levaria até a tumba, com as ossadas que vi em meu sonho.

Na manhã seguinte encontrei todos no salão para o café da manhã. Manu e eu fizemos uma rápida revisão em nossas mochilas: colocamos repelentes, filtro solar, óculos escuros e de natação para vermos os peixes no lago. Alguns bonés, biscoitos, caixinhas de suco, cantil e *xuxinhas*.

Na minha mochila eu ainda carregava o saco de couro dos cristais místicos.

– E aí, galerinha, partiu Boca da Onça?

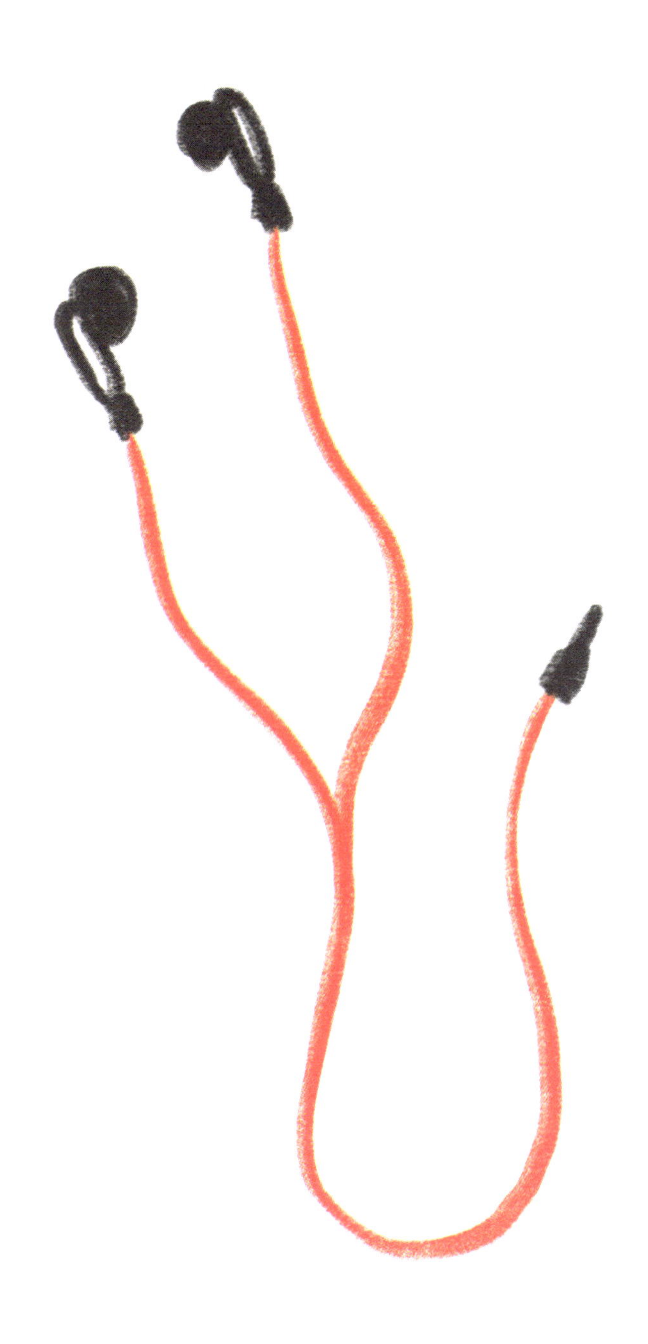

21

o final de mais uma aventura

– Como assim, eu não posso descer o rapel com a minha irmã?

Estávamos no centro de treinamento para os praticantes do rapel. A gente não sabia que a descida seria feita em duplas. Quando eu soube disso, eu pedi para descer com a Clara. Mas o monitor nos disse que isso não seria possível.

– Sabe o que acontece, Gigi – dizia o monitor, se achando meu íntimo –, o peso da dupla deve ser o mais equilibrado possível, se não um lado da corda sofrerá mais pressão que a do outro, e isso pode causar um mau funcionamento do equipamento de frenagem.

– E o que você sugere, então? – perguntou Clara.

– Sugiro que a Clara faça dupla com o pai e o Lipe siga com a Gigi.

Quinze minutos amarrada a uma corda com o Lipe, sem ter como desistir e sair dali voando, vai ser terrível! – pensei.

– Só se você me prometer que não vai ficar sacudindo a corda, Lipe. Eu não quero morrer. E você precisa me ajudar a encontrar o que viemos procurar. Promete?

Ele concordou e, alguns minutos depois, estávamos na maior adrenalina. A plataforma era *sinistrésima*! Do alto de um morro *altésimo*! Estávamos prestes a fazer o maior rapel do Brasil!

Nosso treinamento tinha sido em uma plataforma de madeira com apenas sete metros de altura. Moleza! Mas agora nós estávamos sobre uma plataforma metálica que nos lançava para fora da terra firme.

Lá na pontinha da plataforma, depois de termos sido bem amarradinhos aos cintos de segurança, vestidos com capacetes e luvas de proteção, um alçapão se abriu sob nossos pés e ficamos soltos no ar. Não dava para ver o chão.

Eu e Lipe. Com o maior frio na barriga e vontade de fazer xixi, começamos a descer lentamente aquele vazio.

– *Tá* com medo, Gi? – perguntou Lipe, que já balançava as pernas.

– Claro que não! – respondi, me *pelando*.

– Nem eu... Mas, se você ficar, pode apertar a minha mão.

– *Brigada*. Mas não precisa – fiz uma pausa e desconversei. – Vamos, me ajude a encontrar aquele olho vermelho. Ele pode estar em algum lugar nessa rocha cheia de buracos.

– E não só isso! Cheia de abutres fazendo cocô paredão abaixo e manchando as pedras de branco – disse ele, me fazendo rir.

Quando enfim eu parei de rir, reparei que ele não tirava os olhos de mim. Aquilo me deixou bem nervosa. Sabia que ia ser esquisito ficar ali amarrada com o Lipe, mas não achei que seria tanto.

– Olhe aquela formação ali, não parece com o careca da foto? – eu disse para ele, ao mesmo tempo em que apontava para uma formação estranha, só para disfarçar e quebrar o clima que *tava pintando.*

– Parece um careca, mas sem os olhos... hehehe – disse ele.

Pouco tempo e muitas gargalhadas depois, já era possível ver a terra firme. Eu estava olhando a paisagem. Senti a brisa fresca bater em meu rosto, trazendo o cheiro da mata até nós.

– E então, Gi, eu me comportei? – perguntou Lipe.

Quando me virei para responder e agradecer a companhia, ELE TENTOU ME BEIJAR!!! Só que os capacetes se chocaram e ele não conseguiu encostar em mim. Teria sido o primeiro beijo da minha vida! Com o meu melhor amigo. Que pena que não rolou...

– Que foi isso, Lipe, você pirou?!?

– Não, eu... eu... fui me ajeitar na corda e ela balançou um pouco. Foi sem querer. Eu te machuquei?

– Não, não... Está tudo bem – respondi, e pensei: *malditos capacetes!*

Removemos o equipamento de rapel, pegamos nossas mochilas e nos juntamos ao restante do grupo. Seguimos a pé pela trilha. Muitos e muitos degraus à frente, nós chegamos até a maior cachoeira do parque. A cachoeira da Boca da Onça.

De tão alta, pequenas gotas de água eram jogadas para os lados conforme a direção do vento. Demos um mergulho naquelas águas limpinhas e congelantes, depois nos trocamos e seguimos a caminhada.

– Olha ali em cima, Clara, atrás da queda d'água. Aquele não é o careca?

– Não, Giovana – respondeu o guia, que escutava atento e olhou para onde eu apontava. – Aquela rocha tem o formato da boca de uma onça. Por isso ganhou esse nome.

Centenas de degraus mais tarde, chegamos a um lago lindo e cristalino onde pudemos nadar à vontade. Com os óculos de natação, vimos milhares de pequenos peixes que, de tão fininhos, mais pareciam reluzentes canetas que insistiam em fugir de nós.

Depois de secos e calçados, seguimos pela trilha por mais meia hora. Enfim, quando paramos em frente à tabuleta onde se podia ler "Buraco do Macaco", percebi que tinha chegado ao meu destino.

O barulho de água caindo e aquela sensação que percorria todo o meu corpo causaram um efeito muito estranho em mim. Eu estava frenética e agitada. Não sabia o que era, mas meus amigos perceberam a minha agitação.

– Que foi, Gi? – perguntou Manu.

– O lugar é aqui! Sentiram o cheiro de incenso? O VT já chegou.

Olha daqui, olha de lá e nada de o crânio do careca aparecer. Já estava ficando desanimada... até que, bem na hora em que o guia nos disse que iríamos descer para nadar por dentro da gruta, eu o vi.

Atrás da queda d'água estava o VT, com sua capa em forma de mariposa.

– Está ali! – gritei. – Atrás do véu da cascata!

Mas como eu iria chegar lá?

– Que estranho, irmã. Ali não dá para ver nada. Você tem certeza? – Clara me perguntou, mas não pude responder, porque o guia começou a dar instruções.

– Pessoal, agora tirem seus calçados. Quem quiser levar os óculos de natação, pode. Mas só isso. Sem filtro solar e nem repelentes. Lá embaixo tem uma corda que indicará o caminho a seguir por dentro da gruta. Quando chegarmos à queda d'água poderemos tomar uma ducha maravilhosa de água do rio.

– Gente, me ajuda aqui – eu havia decidido fazer mais uma viagem ao passado. Queria encontrar a escada que eu tinha visto em meu sonho e saber se estava no lugar certo.

Com os cristais em mãos, os guardiães ao meu redor e meus pais distraindo o guia com um monte de perguntas, eu me concentrei e invoquei os poderes dos cristais místicos da Amazônia. Mais uma vez pedi para me levarem a uma nova viagem no tempo:

PELO DOM QUE ME FOI CONCEDIDO E A ENERGIA DOS CRISTAIS QUE TRAGO COMIGO, EU PEÇO A FORÇA DOS ELEMENTOS PARA VIAJAR NO TEMPO E ME LEVAR AO ENCONTRO DO CRISTAL AQUI ESCONDIDO.

22

a volta para casa

CARACA! Que susto!

Confesso que eu fechei os olhos quando comecei a girar no ar, igual a uma folha solta no vento. Quando eu os abri, uma índia apressada passou... por *dentro* de mim!

Eu estava no mesmo lugar, mas devia ter viajado muitos anos para o passado. Deixei os meus pais e amigos no futuro. No *meu* futuro.

Achei que aquela índia ia me atropelar, mas, por sorte, eu estava invisível. Sem largar meus cristais, comecei a andar ao redor. Havia algo que estava muito diferente.

Andei mais um pouco e ouvi o silêncio da mata e alguns índios que conversavam distantes dali. Já sei! Eu não ouvia mais o barulho da água caindo no tal Buraco do Macaco. Ou a cachoeira tinha secado ou, o mais provável, antigamente ela não existia.

Alguém desviou o rio lá em cima e criou esta cascata artificialmente. É isso!

Desci alguns degraus e vi alguns índios, daquela mesma tribo das irmãs gêmeas que conheci no Pantanal. Eles entravam apressados na gruta e desapareciam lá dentro, sem aparecer de volta para serem vistos pelo Buraco do Macaco. Onde poderiam ter ido?

Decidi seguir a índia que passou por mim. Ela tinha umas pintinhas vermelhas[29] espalhadas pelo corpo, que pareciam picadas de mosquito. Acho que estava doente. Olhei ao redor e percebi que quase todos estavam com as mesmas manchas na pele.

Ao ficar de frente para onde era a cascata, em meu tempo, o presente, e onde havia visto o meu amigo VT, eu pude ver claramente o contorno do careca e seus olhos abertos.

O que pareciam dois olhos eram, na verdade, duas portas. As entradas para duas grandes salas. Uma delas levaria aos esqueletos daquele sonho apavorante que eu tive.

Só que eu ainda não havia encontrado a escada. Desci um pouco mais e cheguei à trilha que me conduzia ao interior da gruta. Acompanhei uma senhorinha índia que, com dificuldade para caminhar, seguia à minha frente. De repente ela dobrou à direita, antes de chegar na parte descoberta, andou por uns poucos metros e virou à esquerda.

– Achei! – falei alto e assustei a velhinha.

Prendi a respiração. Ela virou para trás e caminhou em minha direção. Parou bem na minha frente, e eu pude sentir o bafo quente de sua respiração em meu rosto. *Sinistro*! Ela tinha um olho de cada cor, igualzinho ao Iorio!

---

[29] Várias tribos indígenas foram extintas no passado por doenças que hoje são comuns e para as quais há vacinas, como o sarampo e a catapora. Elas podem ser identificadas por pequenas marcas avermelhadas espalhadas pelo corpo.

Ela então deu a volta e começou a subir aquela escada em caracol. As pedras estavam limpinhas e sem musgos, como as que vi em meu sonho.

Passei ao lado dela e subi até encontrar o corredor que me levou ao salão onde estava o trono. Uma das gêmeas estava sentada. Ainda usava o colar com o cristal que eu procurava. Parecia muito doente.

Não havia como retirar o colar de seu pescoço sem que ela percebesse.

Decidi voltar pelo mesmo caminho que havia feito e pedi aos meus ancestrais para retornar ao mesmo local, dia e hora da minha partida. Olhei ao meu redor para memorizar o caminho que precisaria percorrer para chegar onde estava o cristal.

Quando voltei ao lugar de partida, no meu tempo recente, foi muito engraçado.

– Vai, Gi, não demore! – disse Manu.

– Já, já o guia vai nos chamar para entrarmos na caverna – disse Clara.

– E mais, mamãe e papai já distraíram o guia. Pode ir – disse Lipe.

– Calma pessoal, hehehe. Já fui e já voltei. Também já sei onde está o cristal.

– *Caraca*! A gente nem te viu partir! – disseram eles, quase juntos.

– *Bora, bora.* Vamos correr! – sugeriu Manu.

– Lipe, pegue os seus óculos de natação. A gente vai precisar dar um mergulho – avisei.

– Onde?

– Confie em mim.

Descemos os degraus de madeira sobre a terra até o leito do córrego, formado pelas águas que caem no Buraco do Macaco e seguem o novo curso da água.

Lipe e eu seguimos por último. Todos seguravam na corda, atrás do guia, caminhando em direção à queda d'água. Dentro da gruta, próximo ao lugar onde deveria estar a passagem para a escada em caracol, eu falei:

– Lipe, agora põe os óculos, prende a respiração, me dá a mão e me segue.

Mergulhamos e, como a água estava bem limpinha, conseguimos ver a passagem. Entramos no corredor, viramos à direita e lá estava a escada, parte dela embaixo d'água. Começamos a subir e pouco depois uma lufada de ar fresco entrava em nossos pulmões.

– Maneiro, Gi! Como é que você sabia dessa escada?

É muito legal ter um amigo que confia tanto assim na gente. Imagino que ele devia estar com medo de se afogar, caso não aparecesse logo uma saída.

– Já estive aqui antes, Lipe. Vem comigo.

Subimos as escadas, que agora estavam cobertas de limo e umidade.

– Cuidado para não escorregar. Vamos devagar – ele disse, preocupado.

Lá no alto era possível ver o céu azul. Uma grande ave passou e deixou um grito estridente no ar. O cheiro do musgo estava por toda a parte. Não queria ter que ver aquele monte de ossos empilhados outra vez, e nem queria ver a tumba daqueles índios sem vida.

– É ali, Lipe.

– Poxa, Gi. Mas essa passagem está fechada! – alertou ele, vendo que uma enorme pedra, redonda, vedava a entrada do salão do trono.

– Pegue aquele galho. Deve ter sido com ele que fizeram rolar a pedra até aqui.

Tiramos as pedras que escoravam a rocha, posicionamos a nossa alavanca e...

CRASH!

– Quebrou! – disse Lipe.

– O galho quebrou porque apodreceu depois desses anos todos...

– Vamos empurrar, quem sabe ela rola – propôs Lipe.

Botamos muita força na tarefa, mas a pedra... Nem era com ela.

Tão perto e tão longe – pensei.

Olhamos ao redor e não havia nada que pudéssemos usar para fazer aquela rocha se mexer. Nos sentamos no chão, exaustos. A cachoeira caindo atrás de nós.

– Se o Iorio estivesse aqui, eu tenho certeza de que ele sacaria uma solução de um dos compartimentos daquele colete mágico – disse Lipe.

Podíamos ouvir o pessoal brincando na ducha da Boca do Macaco. *E agora?* – pensei. – *Bem que o VT podia estar aqui.*

– Lipe, vamos ter que ir embora. Já passou muito tempo.

– Por que você não viaja de novo e...

– Não vai dar. Não trouxe os cristais, o guia não deixou, lembra?

– Então eu vou tentar uma última vez – disse ele, levantando-se decidido.

Ele é tão bonitinho... Eu estava pensando nisso quando vi a rocha começar a se mover. *Caraca*! O Lipe tem superpoderes?!?!

Olhei para as mãos dele, que empurrava a rocha, ainda mais animado, ao ver que agora ela se movia.

Porém, acima dele, eu encontrei a razão para aquele “milagre”.

O meu amigo VT, sem a capa, cabelos molhados cobrindo o rosto e os dois braços sobre a cabeça do Lipe, empurrava a rocha com toda a sua força.

– *Sinistro*, Lipe! Que força, hein?!?!

Eu disse isso olhando para o VT, que estava ao lado dele. Pelo meu jeito, o Lipe percebeu que havia algo ali, e no final me perguntou:

– A gente não está sozinho, não é isso?

Eu fiz que sim com a cabeça. Ele entendeu o que eu queria dizer. A enorme rocha rolou para o lado e abriu uma passagem estreita, mas suficiente para podermos passar.

Entramos na tumba.

Dentro dela não havia mais aquele monte de ossos revestindo as paredes. Apenas pequenas aberturas na rocha tampadas com pedras lisas. Acho que, assim como em Foz do Iguaçu, meu amigo VT teve um trabalhão para arrumar aquele lugar antes da minha chegada.

O trono continuava no mesmo lugar, porém sobre ele o esqueleto da índia gêmea já não era mais visto. Em seu lugar encontramos o colar, com o cristal que estávamos procurando. Peguei a joia com todo cuidado e respeito e guardei-a no bolso da calça.

Olhamos um para o outro e falamos juntos:

– Conseguimos!

Retornamos pela mesma abertura e seguimos pelo mesmo caminho de volta. Antes de descer as escadas um barulho me chamou atenção. Eu olhei para trás, bem a tempo de ver o meu amigo VT rolando a pedra e lacrando a passagem da tumba para sempre.

Voltamos para encontrar o grupo, que viu em nossos olhos a alegria pela missão cumprida. Havíamos encontrado o terceiro cristal! Quando Clara achasse o dela, estaria faltando apenas um.

Enquanto fazíamos a viagem de volta para o Rio de Janeiro eu me lembrava de todas as aventuras que vivemos até então. O misterioso Pajé, o sábio índio Leo, a querida Nahara e o valente Iorio. Quantas pessoas fantásticas cruzaram o nosso caminho e nos ajudaram a encontrar três cristais que estavam faltando!

Como a vida dessas pessoas poderia estar interligada? Quem era aquela índia idosa que tinha um olho de cada cor, assim como o Iorio? Onde será que fica a tribo misteriosa de onde partiram os meus ancestrais?

Eu sinto em meu coração que esta aventura não acabou e que eu verei todos os amigos que fizemos nesta incrível jornada ainda mais uma vez.[30]

[30] *Ah, eu ia me esquecendo. Eu tirei oito na minha redação. Retiro o que disse da minha professora de português. AMO!*

Apêndice

A cultura indígena é muito forte e presente no Pantanal. A história remonta aos índios **Paiaguás**, hoje extintos, que lutaram ao lado dos **Guaicurus** contra os soldados ibéricos que chegaram na região. Eram tribos guerreiras de mesma etnia, que dominavam os demais índios da região. Entretanto, entraram em declínio e foram extintos devido a ataques sofridos em disputa pela região, infecções e alcoolismo.

Existe um mito contado pelo povo indígena **Kadiwéu** que remonta ao ano de 1864, no início da Guerra do Paraguai. Segundo essa lenda, os índios desta tribo haviam dominado o uso dos cavalos que haviam sido introduzidos na região pelos espanhóis. Durante a Guerra, que durou até 1870, um grupo que ficou conhecido como os "cavaleiros índios" teria ajudado o Brasil a vencer aquela guerra.

Os **Guatós** são considerados o povo do Pantanal, entretanto, na década de 1940, eles foram expulsos de sua região, principalmente devido ao avanço da pecuária. Atualmente, pequenos grupos de Guatós podem ser encontrados na periferia de Corumbá. Estes poucos índios são reconhecidos como os últimos canoeiros de todos os povos indígenas que ocuparam as terras do Baixo Pantanal.

Ao sul de Cuiabá, às margens do rio São Lourenço, vive a pequena tribo **Perigara**, que pertence ao povo Bororo. A origem do nome deriva do vocábulo tarigara, que significa piçarra. Um tipo de pedra escorregadia que se espalhava ao longo da margem no leito daquele rio. Seus moradores mantêm as práticas e culturas tradicionais de seus ancestrais. Segundo os moradores mais antigos, os índios desta tribo eram os mais altos, os fortes da região, para compensar as condições adversas do ambiente local. Estas características os ajudaram a manter a prática da caça por alimentos e a busca por matéria-prima para o seu artesanato.

Agradecimentos

Agradeço aos amigos que me incentivaram a prosseguir com as viagens de Giovana, aos comentários e às sugestões para correção de curso da querida Ana Lucia Merege, ao profissionalismo e dedicação da Juliana, aos olhos atentos da Gerusa e à supervisão precisa da Ana Cristina Melo, que coordena essa editora fantástica que é a Bambolê.

Quero agradecer à Bruna Mendes pelo trabalho delicado, instigante e sensível que tem feito nas ilustrações desta obra, superando os desafios de um ano atípico, no qual a pandemia pegou a todos de surpresa.

Agradeço aos queridos Flavio, Bebete, Pedro e Marina, por terem estado conosco nesta fantástica viagem, e por continuarem a inspirar nossos incautos e destemidos viajantes.

Faço meu agradecimento mais que especial para a Bia, filha querida, por ser esse doce de coco ralado, que me inspirou a criar a heroína da nossa história, para a Lulu, filha amantíssima, revisora incansável e presente em todas as etapas deste processo, e à minha esposa, Bel, pelo apoio incondicional e suporte emocional sem os quais eu não teria vencido mais esta etapa.

Por fim, meu agradecimento a você, querido leitor e querida leitora, que embarcou conosco na primeira viagem de Giovana ao município de Novo Airão, na Amazônia, e que continuou conosco quando a aventura chegou a Foz do Iguaçu. Estamos quase lá! Espero que tenham gostado de mais esta etapa da saga de Giovana e sua turma. Farei o máximo ao meu alcance para que esta aventura possa continuar a levar magia, conhecimento e emoção a todos que nos acompanham e, sem os quais, não haveria razão para a obra existir.

Sobre a ilustradora

"Sou de Santa Catarina, estado onde vivi toda a minha vida. Me formei em 2012 em Design Gráfico, profissão que exerço até hoje, paralelamente à ilustração. Desenho desde que me entendo por gente e não pretendo parar tão cedo. Acho incrível poder traduzir histórias em imagens e, com isso, ajudar crianças e adolescentes a viverem momentos incríveis ao lado de personagens muito legais, como são todos os deste livro. Acredito muito na leitura como uma janela para o mundo e, quanto mais cedo a gente aprende a gostar de ler, melhor. Por isso, espero que o apelo visual que tento trazer aos livros nos quais trabalho ajude a cativar os pequenos (e os nem tão mais pequenos assim!) para termos cada vez mais adeptos ao mundo incrível da literatura."

Bruna Mendes

Se você curte as aventuras de Giovana, siga nossa página e faça parte dessa viagem!

@asfantasticasviagensdegiovana

www.editorabambole.com.br